DOUBLE VIE

DANS LA MÊME SÉRIE

1.	*Double vie*	Lynn Mason
2.	*Une nouvelle recrue*	Laura Peyton Roberts

À paraître

3.	*Opération solo*	Lynn Mason (février 2004)

LYNN MASON

DOUBLE VIE

D'après la série télévisée
créée par J.J. Abrams

Fleuve Noir

Titre original :
Recruited

Traduit de l'anglais
par Robert Macia

Originally published in the United States and Canada by Random House Children's Books as *Recruited*.
This translated edition published by arrangement with Hyperion.

ISBN : 2-265-07631-7

Sydney frissonna en fixant le canon chromé du revolver. Un 9 millimètres Ruger, estima-t-elle. Au cours des derniers mois, elle avait appris à tout connaître sur les armes. Les modèles et leur facture. Comment les tenir, tirer, les nettoyer. Elle avait même appris à les dissimuler sur elle. Une chose pourtant avait échappé à l'enseignement qu'elle avait reçu : l'effet que ça fait d'avoir une arme pointée sur soi.

Elle avait appris pas mal de choses au cours de tous ces mois d'entraînement. Elle savait qu'elle était capable de se sortir de là. Mais alors la peur la prit à la gorge puis vint former une boule au creux de son estomac, lui interdisant de faire le moindre geste. L'empêchant de parler. De respirer. Une seule pensée résonnait en écho dans son cerveau saisi par la panique :

J'AI DIX-NEUF ANS ET JE VAIS MOURIR…

Ça me met toujours en rogne quand les gens prétendent tout savoir sur quelqu'un qu'ils connaissent à peine. Tenez, moi par exemple. Je suis grande, mince et je me fais une coupe d'entretien une fois par mois (un demi-centimètre, voire un centimètre quand je suis d'humeur à prendre des risques, mais uniquement si Debbie travaille ce jour-là – j'ai confiance en elle).

Je porte parfois des lunettes en écaille qui d'après ma meilleure amie me font ressembler à un rat de bibliothèque. Je trimballe la plupart du temps un sac à dos qui pèse bien ses dix kilos. Je ne fume pas et je ne bois pas. Je fais du sport mais je préfère la compétition individuelle aux jeux collectifs. Je suis du genre à relire Jane Eyre pour la neuvième fois plutôt que de me plonger dans le dernier numéro de Cosmopolitan. Je parle cinq langues (six, si vous comptez un mauvais latin).

En mettant tous ces éléments bout à bout, les gens pensent que je suis une pauvre intello. Que je ne sais pas m'amuser. Que je vis dans un monde de livres. Que je déblatère des phrases en langue étrangère dans mon sommeil. Que j'ai trop abusé de mes courses solitaires.

Et vous savez ce qu'il y a de plus triste là-dedans ? C'est qu'ils ont raison.

Mais je commence ma première année à l'université. Et je sais qu'une tâche m'attend. Quelque chose d'important, un grand projet… un truc. Je le sens. Je vais bientôt savoir de quoi il s'agit, ou de qui…

1

— Tu es complètement dérangée ! hurla Francie en secouant fébrilement un ongle rose pâle sous le nez de Sydney. Qui aurait l'idée de prendre espagnol *et* chinois en option ?

Sydney Bristow leva les yeux au ciel tandis qu'un léger sourire se dessinait au coin de ses lèvres. Elle ne connaissait Francie Calfo que depuis cet été mais elle était déjà rodée à ses brusques sautes d'humeur. Avec sa voix haut perchée et son penchant à tout dramatiser, Francie pouvait facilement transformer la conversation la plus banale en un débat des plus passionnés.

— Dis-lui, Baxter, poursuivit Francie, en envoyant un coup de coude à son basketteur de petit ami. Dis-lui qu'on prend des options du genre « Les grands films français » ou « Danses de salon » quand on est en première année.

— Écoute, mec, laisse-moi en dehors de ça, rétorqua Baxter en agitant ses larges paluches en signe de reddition. Continuez à papoter toutes les deux pendant que je regarde si je ne vois pas le type qui vend des glaces.

Il pivota sur le banc, prit appui sur la table et se perdit dans la contemplation du petit monde d'UCLA en ces belles journées de septembre.

— Écoute Fran. Puisque je te dis que j'aime les langues vivantes, enchaîna Sydney en posant ses yeux sur son livre d'espagnol. Je suis bonne là-dedans. En plus, si je veux un jour aller enseigner à l'étranger, ça ne peut qu'augmenter mes chances.

— D'accord, mais est-ce que ça augmente tes chances de dégotter des garçons ? répliqua Francie en se penchant vers elle.

Sydney éclata de rire.

— Je ne sais pas. Des garçons étrangers, peut-être.

Elle avait espéré que Francie lui accorderait un petit répit. Mais même depuis qu'elle sortait avec Baxter, ce qui remontait à deux semaines, elle n'avait pas cessé de vouloir lui dénicher un petit copain. Sydney avait dû admettre que ça ne la préoccupait pas beaucoup. À une exception près, elle n'avait jamais rencontré de garçon avec lequel elle aurait ne serait-ce qu'envisagé de sortir.

— Tu es vraiment sérieuse quand tu parles de devenir prof ? demanda Francie en mâchouillant sa salade. Est-ce que tu te vois devant une classe à essayer désespérément de façonner des dizaines de petits cerveaux ? De jeunes cerveaux infects obsédés par le sexe ?

— Parle pour toi, répondit Sydney en s'étirant, découvrant un nombril vierge de piercing sous son T-shirt immaculé.

Même si elle ne voulait pas l'avouer à Francie, elle avait fini par s'imaginer à ce poste envié. Prononçant des conférences sur une estrade. Griffonnant des passages de Sartre sur des tableaux noirs poussiéreux. Se réunissant avec d'autres collègues surmenés et sous-payés à l'étroit dans des cafétérias jonchées de gobelets de café. Tout ce qui faisait, en gros, le métier de prof.

Il n'y avait qu'une chose qui clochait dans le tableau. Elle était trop timide. Ce qui ne présageait rien de bon pour l'avenir.

Sydney avait attendu avec impatience le moment d'entrer au collège puis au lycée où elle avait si bien réussi qu'aujourd'hui elle ne rencontrait pas trop de problèmes dans les matières principales enseignées à UCLA. En fait, aussi loin que remontait sa mémoire, elle n'avait jamais éprouvé de difficultés dans son cursus. Mais ici, c'étaient les étudiants qui lui faisaient peur. Ils étaient tous (elle y compris) des as dans leur discipline, supers joueurs de foot, toqués de l'informatique, plasticiens en herbe, pom-pom girls déchaînées. La concurrence était rude.

Non qu'elle connaisse tout le monde. Loin de là, disons que sur les trente mille étudiants environ que comptait UCLA, Sidney en fréquentait royalement trois : Francie, Baxter et son partenaire d'entraînement, Todd de Rossi. Les cours magistraux, dans les grands amphithéâtres, la foule des étudiants, l'impressionnaient. Elle, qui ne s'était jamais sentie mal à l'aise au milieu de gens intelligents, se sentait déstabilisée par tous ces brillants universitaires qui comptaient parmi les meilleurs des États-Unis. Des élèves des classes supérieures engageaient de brillantes discussions dans les couloirs ou sur Dickson Plaza. Une fois, elle avait même entendu un enseignant proposer à un de ses élèves de le retrouver autour d'un café pour résoudre un de ses problèmes. Cette générosité de la profession.

« Maman devait être comme ça », pensa Sydney en jouant avec son stylo. Laura Bristow avait été une prof de littérature très estimée à UCLA. Elle avait la passion du savoir et de l'enseignement. Mais c'était avant qu'elle ne se tue dans un accident d'automobile alors que Sydney avait six ans.

C'était un vendredi brumeux comme il y en avait tant à Los Angeles. Ses parents étaient sortis au cinéma et Sydney était restée à la maison avec sa nounou. Une voiture était brutalement arrivée de front après avoir franchi la ligne blanche. Son père avait essayé de l'éviter, l'auto était tombée du pont. Il avait survécu mais pas la mère de Sydney.

« Elle n'a pas eu le temps de comprendre ce qui lui arrivait », avait expliqué le père de Sydney à sa petite fille au cœur brisé, comme si ça pouvait la consoler en quoi que ce soit.

« Papa. Posé, détendu et constamment dans la lune. » Capable de sourire, comme en témoignait la photo dans le cadre argenté de chez Tiffany qu'il avait posée sur la commode de sa chambre, le représentant en compagnie de Sydney et de sa mère à Venice par une journée ensoleillée. Maman, tenant Sydney par les épaules et riant à gorge déployée. Sydney, une glace dégoulinante à la main, le menton maculé de chocolat, portant son petit dos nu à motif arc-en-ciel. Papa, souriant à sa femme, qui nageait en plein bonheur.

Aujourd'hui, Sydney doutait que ce sourire ait jamais existé.

Après la disparition de sa mère, elle avait grandi sous le regard distant de son père, passant le plus clair de son temps seule avec ses livres qu'elle préférait à la compagnie de ses amis ou de ses proches. Le temps passant, l'image de sa mère s'était progressivement estompée, ne laissant plus émerger que quelques souvenirs. La chasse aux lucioles au cours des chaudes nuits d'été, qu'elle enfermait dans des pots de confiture vides dont elle perçait le couvercle de trous. Les montagnes russes à Disneyland où elle criait et riait à la fois. La préparation des brownies et le grand bol en Pyrex orange qu'elle léchait jusqu'à ce qu'il soit parfaitement propre. Sa mère, ses cheveux noirs de jais ramenés en chignon, parcourant du doigt sa belle collection de livres reliés –un cadeau de son père et qui, aujourd'hui, trônait dans la bibliothèque de Sydney.

Francie avait tout de suite compris que Sydney voulait devenir prof, non pas parce qu'elle se sentait une vocation particulière pour l'enseignement mais parce que c'était une façon d'honorer la mémoire de sa mère.

Se trompait-elle ? Probablement pas.

— Allez, Syd. Je n'ai pas voulu te froisser, reprit Francie avec une petite moue, tirant Sydney de ses pensées. Il serait peut-être temps d'oublier ce bouquin et de penser à ce que tu vas mettre vendredi à la soirée du Tropical Getaway. Ça fait des semaines qu'on attend ça.

Sydney poussa un profond soupir.

— *Bien. Por que no ?*

Elle referma son livre et le rangea dans son sac à dos.

— Brave petite, approuva Francie. Maintenant, est-ce que tu t'es décidée à venir dans ta petite jupe hawaïenne ou dans ton sarong à fleurs ?

— Je ne sais pas. En sarong.

— Super. Alors tu peux me prêter ta jupe pour mettre avec mon haut ? S'il te plaît ? implora-t-elle.

— Hé, les filles, on dirait que ça se présente plutôt bien, clapit Baxter en se retournant.

— Oh, Baxter, on pourrait se pointer tous les trois avec des fringues flashy ! renchérit Francie tout excitée. Ce serait sympa, non ?

— Pas sûr, rétorqua-t-il en haussant les épaules. Je n'ai pas vraiment envie de me trimballer avec des petites fleurs et des couleurs criardes devant la moitié du campus. Les gars vont me traiter de gonzesse tout le reste de l'année.

Francie leva les yeux au ciel.

— Sydney, je t'en prie, tu peux lui expliquer que notre société a évolué et que les mecs ne jugent plus les autres mecs en fonction de ce qu'ils portent ?

— Tu devrais rencontrer mon copain Todd, poursuivit-elle. Il est de très bon conseil en matière de mode.

— Merci, Sydney, répliqua-t-il. Maintenant, si ces deux gentilles demoiselles me le permettent, je m'en vais me retirer pour rejoindre mon cours d'Histoire. On se revoit tout à l'heure.

Il se pencha pour embrasser longuement Francie. Sydney se plongea dans la contemplation de sa salade, jouant à séparer les feuilles avec sa fourchette.

Après ce qui lui sembla une petite éternité, Baxter empoigna finalement son sac et s'éloigna en descendant l'allée.

— Salut, bredouilla Francie.

Puis se tournant vers Sydney, le visage rayonnant :

— Tu ne trouves pas qu'il est super ? Je suis vraiment impatiente d'aller à cette fête. Je suis certaine qu'à nous trois, on va faire un malheur !

— Ouais, marmonna Sydney entre ses dents.

Être la troisième roue du carrosse. Tu parles d'une rigolade.

— Tu sais, je me demande. Tu es vraiment certaine de vouloir m'avoir à la traîne ?

— Syd, explosa Francie. Tu n'es pas à la traîne. Tu *viens* avec nous. Mais je comprends…

Puis esquissant un sourire :

— Tu pourrais demander à quelqu'un de t'accompagner pour faire le quatrième. Peut-être cette personne que tu as rencontrée en cours de littérature ?

« Oh non, elle ne va pas remettre ça sur le tapis ! », pensa Sydney en prenant une longue gorgée d'eau à même la bouteille.

Il était grand temps de changer de sujet.

— Tu peux me prêter ton journal ? poursuivit-elle en montrant l'exemplaire du *Los Angeles Register* que Francie avait posé devant elle.

— Tiens, répondit Francie en lui tendant. Tu cherches un truc ?

— Je cherche du boulot.

Sydney alla directement aux pages emploi et commença à parcourir les petites annonces.

— Un boulot ? répéta Francie en écho. Je croyais que tu avais une bourse ?

— J'en ai une, mais elle ne couvre pas tous mes frais et je n'ai pas envie de demander tout le temps de l'argent à mon père.

— Je vois, souffla Francie.

Sydney était contente de ne pas avoir à s'expliquer davantage. Francie savait à quel point Jack Bristow pouvait se montrer difficile à vivre. Sydney lui avait confié au cours de leurs longues conversations nocturnes la froideur des relations qu'elle entretenait avec son père. Les jours de visite, seule son ancienne nounou venait régulièrement la voir. Pour toute correspondance, elle ne recevait de la maison que des chèques et encore n'étaient-ils jamais accompagnés d'un petit mot.

Inscrite en psychologie, Francie était prompte à se trouver de nouveaux sujets d'analyse. Pour elle, il était évident que le père de Sydney ne s'était jamais remis de la mort accidentelle de sa femme. La grande ressemblance de Sydney avec sa mère ne faisait que raviver sa peine.

Il aurait peut-être fallu que le père et la fille en discutent tous les deux. Il était encore temps.

Sydney sortait souvent les précieuses photos de sa mère, qu'elle avait conservées pour les étudier attentivement. Elles avaient, l'une comme l'autre, des lèvres charnues et sensuelles, de grands yeux noirs, une mâchoire plutôt carrée et une abondante chevelure châtain. Seule l'expression de leurs visages était foncièrement différente. Sur les photos comme dans les rares souvenirs de Sydney, sa mère était toujours souriante ou sur le point d'éclater de rire. Sydney était plus réservée – c'était, avec la taille, l'un des rares traits qu'elle partageait avec son père.

— Tu as trouvé quelque chose ? demanda Francie en désignant le journal.

Sydney secoua la tête.

— Du télémarketing… encore du télémarketing… là, on demande de porter de lourdes charges… là, un cuisinier… là, une coiffeuse… Oh ! Écoute celle-là : « Photographe professionnel recherche femmes poilues. »

— Tiens donc, s'exclama Francie. Je me demande ce qu'il veut en faire.

— On dirait que ce n'est pas mon jour, marmonna Sydney en s'accoudant, la tête entre les mains. Je ne sais pas cuisiner ni faire des permanentes et je ne suis pas particulièrement poilue. Quant à l'idée de vendre des machins par téléphone, ça me rend déjà malade.

— Ça y est ! s'écria Francie en se frappant le front avec la paume de la main. Comment n'y ai-je pas pensé plus tôt ? On a besoin d'une nouvelle serveuse au restaurant. Tu pourrais venir au boulot avec moi demain et présenter ta candidature.

— Tu crois ? répondit Sydney en fronçant le nez. Je n'ai jamais été serveuse. Ni quoi que ce soit d'ailleurs.

— Pas de problème. Tu es bonne en tout.

— Apprendre à dire « Passez une bonne journée » en mandarin, c'est une chose. Apprendre à répondre aux ordres brefs d'un chef bourru qui t'envoie balader, c'en est une autre.

Francie la fixa dans les yeux.

— Et si je prononçais le mot magique : « pourboires » ?

Elle esquissa un sourire.

— Tout est là dans ce travail. Il y a des jours où tu as l'impression que c'est le plus mauvais boulot du monde mais c'est le seul où tu peux te faire un joli paquet d'argent.

Sydney leva les yeux au ciel.

— Écoute, arrête, reprit Francie, plaisantant à moitié. C'est un *vrai* boulot. Et puis ce serait sympa de bosser ensemble, tu ne crois pas ?

Sydney hocha la tête, d'abord de façon hésitante puis de plus en plus convaincue.

— C'est d'accord.

Elle plongea à nouveau sa fourchette dans sa salade pour piquer les croûtons, son péché mignon. C'était d'accord. Elle avait sans doute rêvé mieux que de servir à table, mais au moins ça lui assurerait une certaine indépendance financière. Peut-être aussi que ça la sortirait un peu de ses livres.

Tout à coup, Francie se raidit en lui serrant l'avant-bras.

— Ne regarde pas tout de suite, souffla-t-elle. C'est lui.

Sydney n'avait pas besoin de relever la tête pour savoir de qui elle parlait. Elle avait son image gravée dans son esprit depuis ce premier jour de la rentrée où il s'était assis à côté d'elle et lui avait emprunté un stylo – qu'il ne lui avait jamais rendu d'ailleurs. C'était triste à dire, mais depuis ce jour-là, elle ne pouvait s'empêcher de frissonner secrètement quand elle le voyait tenir entre ses longs doigts ce qu'elle supposait être son bien.

Elle avait besoin de le regarder. De retrouver sa chevelure blonde, ses grands yeux verts. Sa peau bronzée qui paraissait irradier sa propre chaleur. Ses fossettes sur les joues et au menton qui accentuaient la beauté de son visage.

Des types comme Dean Carothers ne couraient pas les rues. Il semblait tout droit sorti d'une revue de mode. Elle imaginait facilement son corps ondoyer au rythme d'une musique syncopée dans un clip vidéo. Ou sirotant un café au lait à la terrasse d'un café parisien, une écharpe autour du cou, ses cheveux décoiffés par le vent.

Mais il y avait autre chose qui attirait Sydney vers Dean plus sûrement qu'une abeille est attirée par le nectar. C'était sa manière d'être, cette assurance qu'il manifestait dans chacun de ses mouvements, cet éternel sourire de celui qui sait où il va. C'était exactement le genre de mec qui sait ce qu'il veut et qui n'hésite pas à aller le chercher. Elle ne pouvait s'empêcher de l'admirer. Entre autres…

Il n'était plus qu'à quelques pas. Sydney sentit sa gorge se nouer et ses joues s'enflammer. Elle saisit instinctivement son livre d'espagnol et l'ouvrit au hasard.

— Syd ! se renfrogna Francie à mi-voix. Pourquoi tu te caches ? Vas-y. Va lui dire bonjour.

— Tu veux que j'ai l'air stupide, bredouilla Sydney qui le regardait maintenant par-dessus son bouquin avancer dans l'allée de sa démarche féline et distribuant son magnifique sourire à toutes les personnes qu'il croisait.

Elle n'avait jamais eu de vrai petit ami. L'idée de sortir avec des garçons, même cent fois moins beaux que Dean, l'avait toujours paralysée, lui ôtant la parole et lui causant toutes sortes d'autres désagréments.

— Pourquoi aurais-tu l'air stupide ? contre-attaqua Francie. Allez. Va le trouver et invite-le à la fête de vendredi.

Sydney secoua fébrilement la tête.

— Si tu crois que c'est facile !

— Pourquoi pas ? Tu n'arrêtes pas de me raconter qu'il te parle tout le temps en cours. Je me trompe ?

— Non. Mais on papote boulot, notes, contrôle continu, répondit Sydney, en espérant qu'il y avait bien autre chose. Rien de sérieux.

— Et alors ? s'écria Francie. Si ça se trouve, il est en train de te draguer comme un malade et tu ne t'en es même pas aperçue.

Sydney rit nerveusement. Francie devrait arrêter de fumer la moquette. Un mec comme Dean ne pouvait pas draguer une fille comme elle. Il s'en fichait complètement.

— Sincèrement, je ne pense pas, Fran.

— Écoute-moi, poursuivit Francie en se penchant en avant et la fixant dans les yeux. Contente-toi de te lever et d'aller parler à ce gars. C'est tout. Cette soirée, c'est le prétexte idéal pour essayer de lui mettre le grappin dessus. D'autant plus qu'il est tout seul et que c'est le moment ou jamais de l'aborder.

Sydney tourna légèrement la tête pour risquer un coup d'œil par-dessus son épaule. Dean était seul à une autre table, sans l'habituel cortège de gens qu'il drainait toujours à sa suite. Francie avait raison. C'était le moment de lui parler. Elle devait tenter sa chance.

Elle adressa à Francie un regard suppliant.

— Tu crois que je devrais ?

Francie fronça les sourcils.

— Vas-y maintenant, avant que ta superbe intelligence ne te fasse changer d'avis.

— D'accord.

Prenant une profonde inspiration, Sydney se força à se lever puis obligea ses jambes à la porter jusqu'à lui.

Alors qu'elle approchait de sa table, Dean leva les yeux vers elle.

— Salut, dit-elle en enroulant une boucle de cheveux autour de son index, puis l'étirant comme pour s'assurer de sa résistance.

— Salut, répliqua-t-il avec un large sourire. Quoi de neuf ?

Sydney ouvrit la bouche pour lui répondre, mais rien ne sortit, elle sentit ses joues s'empourprer à nouveau. Elle souriait comme si sa vie en dépendait, essayant de rassembler tout ce qui lui restait de courage. Elle haussa les épaules.

— Pas grand-chose. Tu as…

Elle s'interrompit un instant pour essayer de maîtriser ses nerfs. Puis :

— Tu sais qu'il y a une fête au Tropical Getaway ?

— Ouais, j'ai appris, répondit-il en faisant tinter les glaçons dans son verre de soda.

Elle hocha la tête.

— C'est sympa, non ?… Tu aimerais y aller ?

— Ouais, possible.

Le cœur de Sydney battait à tout rompre.

— C'est vrai ?

L'image de Dean la tenant serrée contre lui, en short hawaïen, la chemise ouverte laissant apparaître de solides abdominaux traversa fugacement son esprit.

— Je ne sais pas. Peut-être. Si je n'ai rien d'autre à faire, poursuivit-il.

Il la fixa longuement avec ses grands yeux émeraude.

— Pourquoi ? Tu fais un papier pour le journal de la fac ou un truc dans le genre ?

Elle sentit son sang se figer. « Mon Dieu, pensa-t-elle. Il n'envisage même pas la possibilité de sortir avec moi. Je fais pratiquement pipi dans mon Levis pour un gars qui ne me voit même pas. »

— Non, marmonna-t-elle. Je voulais simplement…

Les derniers mots s'étranglèrent dans sa gorge. Elle n'avait plus qu'une envie, s'enfuir à toutes jambes. La Californie est propice aux séismes, mais il ne s'en produit jamais quand on voudrait disparaître sous terre.

Il parut enfin comprendre, et son divin visage s'éclaira.

— Ah, dit-il en se redressant, l'air amusé. Tu voudrais que je sorte avec toi… Oh, excuse-moi… comment tu t'appelles déjà ?

— Non, pas vraiment. Tu te trompes. Je veux dire, il faut que j'y aille, bredouilla-t-elle en fixant ses orteils.

Rouge, elle s'était peint les ongles des pieds en rouge. Puis elle détourna les yeux, abandonnant Dean à sa splendeur et retourna retrouver Francie aussi vite que possible.

« Je suis morte de honte », pensait-elle. « Honte » était encore un mot trop faible pour décrire ce qu'elle ressentait. Son visage devait parler de lui-même car Francie ne lui demanda pas ce qui s'était passé. Alors que Sydney s'effondrait sur le banc, sa copine l'attira contre elle pour la réconforter.

— Laisse tomber, murmura-t-elle. Il n'en vaut pas la peine.

Sydney était incapable de faire le moindre geste, occupée qu'elle était à se repasser à une vitesse épouvantablement lente la chronologie des événements. Qu'est-ce qui clochait chez elle ? Comment avait-elle pu penser un seul instant qu'elle aurait eu sa chance avec Dean ? « Tu voudrais que je sorte avec toi… Oh, excuse-moi… comment tu t'appelles déjà ? Comment tu t'appelles déjà ? » Il lui avait pourtant adressé la parole à plusieurs reprises en cours. Et alors ? Elle ne l'intéressait pas du tout. Il voulait simplement se montrer gentil.

C'est alors que des gloussements lui parvinrent à travers sa léthargie. Elle tourna la tête en direction du bruit. Trois filles, directement sorties d'un défilé de haute couture, et deux garçons à l'allure débraillée et plutôt mignons qu'elle avait déjà croisés en économie faisaient cercle autour de Dean. Tous la regardaient.

Ils riaient.

Non, décidément ce n'était pas quelqu'un de gentil.

— Viens, lui ordonna Francie. On s'en va.

Sydney avait les mains qui tremblaient. Elles rassemblèrent leurs affaires éparpillées sur la table, puis, jetant leurs sacs à dos sur l'épaule, elles disparurent entre les bâtiments de maths et de géologie.

— Ne t'inquiète pas, Syd, dit tendrement Francie. Tu trouveras un gentil petit gars pour t'accompagner. Ça ira mieux la prochaine fois.

Sydney ne répondit pas. Francie avait bien réagi mais elle avait tort.

Il n'y aurait pas de prochaine fois. Sydney ne tenterait plus jamais sa chance.

2

— Je n'essaie pas de te convaincre que c'est le meilleur boulot au monde, mais on s'y fait. C'est vrai qu'on a parfois des clients difficiles, grossiers ou qui passent des commandes parfaitement stupides, un sandwich à la dinde sans pain, par exemple. Mais tu verras, ce n'est pas trop dur.

Francie jasait à n'en plus finir alors que Sydney tournait dans le parking surchargé du centre-ville à la recherche d'une place libre, hypothétique en ce vendredi après-midi.

— Relax, Fran, intervint Sydney qui avait repéré une place dans le fond. Tu me sembles bien nerveuse.

Francie haussa les épaules sur lesquelles retombait son épaisse tignasse d'ébène.

— Je ne sais pas. J'imagine que c'est parce que c'est une idée à moi. Je me sens responsable de t'entraîner dans cette histoire, surtout si tu détestes le job.

Sydney coupa le contact.

— Attends. Tu ne m'as pas forcée. Tu m'aides à m'en sortir. Je suis vraiment très touchée.

— D'accord, répondit Francie en plissant le front.

Mais si ça ne te convient pas, promets-moi de ne pas accepter le poste rien que pour me faire plaisir.

— Je te le promets.

En fait, Sydney ne se sentait pas très rassurée. Elle n'avait aucune expérience de serveuse. Mais il fallait bien commencer quelque part.

— De toute façon, reprit-elle, je ne croule pas sous les propositions d'embauche.

Elles descendirent de la voiture, une Ford Mustang blanche que le père de Sydney lui avait offerte avant son départ pour l'université. Elle avait absolument besoin d'un véhicule pour se déplacer en ville et, sans l'aide de son père, elle aurait probablement été réduite à se trimballer dans un tas de boue négocié au rabais dans une casse de seconde zone. Mais ce cadeau la rendait mal à l'aise. Elle ne pouvait pas prendre la voiture sans penser à lui, ce qui, en règle générale, lui était désagréable. Douloureux souvenir de l'emprise qu'il avait encore sur elle – au moins du point de vue financier. C'était à cause de ça qu'elle voulait trouver du travail.

Elles traversèrent la rue et se dirigèrent vers un petit immeuble avec un auvent rayé vert et blanc. « LES AMIS. CAFÉ » était gravé en lettres rouges sur l'enseigne en bois.

En franchissant le seuil, Sydney ferma les yeux et prit une profonde inspiration.

— Ça sent rudement bon. J'espère que je ne vais pas trop souvent me retrouver seule en cuisine. Je te jure, j'aurai du mal à résister.

— Je sais. Ils font les meilleurs cheesecakes du coin. Je te conseille ceux aux fraises.

— Tu ne m'en as jamais ramenés !

— C'est-à-dire qu'ils ne sont jamais arrivés à la maison, avoua Francie en baissant les yeux.

— Francine ! appela un homme depuis le fond du café.

Sydney trouva qu'il ressemblait à un furet, maigre, le visage émacié, un long nez pointu et de petits yeux noirs en boutons de bottine. Il arriva droit vers Francie en tapotant sa montre.

— Trois minutes et demie de retard. Mais qui s'en soucie ? ajouta-t-il avec un petit rire gêné.

— Désolé, M. Terwilliger. C'était encombré aujourd'hui, expliqua Francie avec son sourire le plus hypocrite. Je vous présente ma copine Sydney. Je vous ai parlé d'elle au téléphone.

Sydney s'avança en tendant la main.

— Sydney Bristow, enchantée.

M. Terwilliger se saisit de la main de la jeune fille et entreprit de la secouer consciencieusement de haut en bas.

— Bonjour, Sydney. Enfin… très heureux de te rencontrer.

Elle avait un certain mal à cacher la répulsion que lui inspirait cette poigne graisseuse qui ne se décidait pas à la lâcher. Elle éprouva un petit serrement de cœur en pensant à Francie. Elle s'était plainte ces dernières semaines que son patron était un drôle de zèbre mais Sydney n'avait jamais imaginé à quel point. Il finit enfin par la libérer et fit un geste en direction d'une porte toute proche.

— Si on passait dans mon bureau ? proposa-t-il. Tu dois remplir quelques papiers.

— Il faut que j'aille prendre mon service, intervint Francie en lançant à Sydney un sourire d'encouragement. Viens me voir quand tu auras fini.

Sydney s'essuya discrètement la main sur sa jupe en lin et pénétra dans le minuscule bureau chichement meublé. Elle s'assit sur une chaise d'un rouge pétant tandis que M. Terwilliger s'affalait dans son fauteuil.

— À toi de jouer, embraya-t-il en lui tendant un stylo et un formulaire de demande d'emploi recto verso.

Elle avait espéré que M. Terwilliger se serait excusé et l'aurait laissée seule pour remplir le questionnaire, promettant de revenir quand elle aurait fini. Au lieu de ça, il resta vissé sur son siège à se balancer d'avant en arrière en tapotant le bord de la table avec son index.

Sydney essaya de l'ignorer, se concentrant aussi fort que possible sur la feuille qu'elle avait sous le nez. Elle ne tarda pas à finir. En fait, elle n'avait bossé qu'une seule fois dans sa vie comme baby-sitter.

— Fais-moi voir, marmonna M. Terwilliger en attrapant le formulaire. D'excellentes notes. Finaliste au concours général. Parfait. Voyons. Cursus…

Sa voix s'éteignait au fur et à mesure qu'il progressait dans sa lecture. Enfin, il laissa tomber la feuille et s'accouda sur le plateau en croisant les doigts.

— Si je comprends bien, tu n'as aucune expérience dans la restauration ?

Il avait prononcé ce dernier mot avec une certaine emphase, comme s'il s'agissait de la chose la plus importante au monde après la recherche contre le cancer.

— Ben non, répondit Sydney en réfléchissant à toute allure. Mais j'ai vendu des bonbons lors d'une vente de charité à l'école, ajouta-t-elle en affichant un sourire chargé d'espoir.

Inutile de se vanter qu'elle n'avait vendu que deux barres de chocolat et encore moins de préciser qu'elle se les était vendues à elle-même.

— J'ai aussi peint des décors pour une pièce de théâtre au collège, enchaîna-t-elle. Ce qui prouve bien que je n'ai pas peur de la foule. J'ajoute que j'appartiens à l'équipe d'athlétisme des Bruins, ce qui tend à démontrer que je n'ai pas de problème pour coordonner mes mouvements. C'est bon ?

Elle continuait à le fixer en affichant une mine radieuse, s'armant de courage devant un refus hautement probable.

— Je vois, bredouilla-t-il.

M. Terwilliger fit craquer ses doigts et hocha doucement la tête. Il se replongea de longues minutes dans la lecture du questionnaire puis la regarda à nouveau en souriant.

— D'accord, Sydney. Je crois que je peux t'intégrer à notre équipe.

Sydney en resta bouche bée.

— Vous voulez dire que j'ai décroché le job ?

— Tu peux même commencer tout de suite. Qu'est-ce que tu en penses ? On est un peu court en main d'œuvre ces derniers temps.

— Tout de suite ? répéta-t-elle en écarquillant les yeux.

Elle n'arrivait pas à croire qu'il avait accepté de la prendre. Francie devait l'avoir ensorcelé. Ce n'était pas possible autrement.

M. Terwilliger se leva de son fauteuil pour gagner la sortie.

— Tu trouveras des uniformes au vestiaire. Ne t'inquiète pas, ils sont tout propres. Tu vas commencer avec Francie d'abord et puis on verra si on peut te lâcher toute seule plus tard.

— C'est super, lança Sydney dont les joues avaient viré au rouge.

D'accord, ce n'était qu'une place de serveuse, mais le plus important c'était que quelqu'un ait pu la juger apte à bosser, que quelqu'un (même s'il ressemblait à un furet) ait décidé de lui donner sa chance. Elle était fière comme un coq. Grâce à Francie. Sydney se leva à son tour et empoigna la main de son nouveau patron pour la serrer énergiquement.

— Merci, merci beaucoup, dit-elle.

M. Terwilliger ouvrit la porte du bureau.

— Tu n'as peut-être aucune expérience, ajouta-t-il, mais tu m'as fait une bonne impression, Sydney. Tu verras, bientôt on pensera que tu étais née pour faire ce métier.

*
* *

Cinq heures plus tard, Sydney se réfugiait derrière l'immense machine à café en acier du restaurant.

— Comment tu fais, Fran ? demanda-t-elle dans un souffle en se massant la cheville gauche.

En vérité, malgré les encouragements de Francie et la confiance que lui avait manifestée M. Terwilliger en l'engageant sur-le-champ, Sydney commençait à penser qu'elle n'était absolument pas faite pour ce boulot.

— D'abord, je ne porte pas des machins à talons, répondit Francie en ajustant sa queue de cheval et son uniforme dans le reflet de la machine. Il va falloir que tu te dégottes d'autres chaussures plus confortables si tu veux continuer ce job.

— Attends, j'étais venue passer un entretien d'embauche. Je ne pensais pas commencer tout de suite, rétorqua Sydney en massant son autre cheville douloureuse. Mais je ne parle pas de ça. Je me demande simplement si c'est toujours aussi…

Elle cherchait le bon mot.

— Aussi stressant ? embraya Fran. Tout le temps. Ne t'inquiète pas. Tu t'en tires à merveille. Il faut un certain temps pour s'y habituer, mais après c'est comme si tu passais en pilotage automatique.

Elle lui décocha une petite tape amicale avant de passer sa commande.

« C'est un boulot, après tout, pensa Sydney. Je vais pouvoir me libérer de l'influence de papa, au moins financièrement, et me remettre sur pied. À supposer qu'ils me supportent jusque-là. »

— Alors, il arrive ce café ? lança un homme d'une table voisine.

— Tout de suite, monsieur, répondit Francie en lui décochant un sourire poli.

Elle se tourna vers Sydney et lui glissa à l'oreille :

— Tu ne crois pas qu'il devrait plutôt prendre un déca ?

— Absolument, acquiesça Sydney en souriant.

Francie savait rendre le travail presque plaisant. Sydney éprouvait un certain respect pour sa copine. Francie plaisantait avec les clients et écoutait leurs histoires avec un réel intérêt. Elle connaissait les noms des habitués. Sydney ne l'avait pas quittée pendant les deux premières heures, apprenant les bases du métier, comme par exemple savoir distinguer café et déca (l'un étant dans un récipient bleu, l'autre dans un rouge), noter les commandes sur un petit carnet, glisser la fiche sous la nappe. Elle n'ignorait plus rien de la manière d'aborder le client. « Bonjour, je m'appelle Sydney et c'est moi qui m'occupe de vous. Puis-je vous conseiller nos délicieux amuse-gueule pour commencer ? » Pourtant, elle ne parvenait pas à être aussi enjouée que Francie.

— Comment s'en sort notre petite nouvelle ?

Sydney tourna la tête et découvrit Robyn, une autre serveuse, une rouquine aux cheveux coupés très court qui parlait avec une pointe d'accent texan. Elle se trouvait derrière Francie, passant commande en cuisine à travers la petite ouverture pratiquée dans la porte.

— Déjà au bord de l'évanouissement ?

— Elle s'en tire parfaitement bien, pas vrai Syd ?

intervint Francie. Telle que tu la vois, madame s'occupe toute seule de ses tables. C'est inné.

— Sans blague ? poursuivit Robyn en chargeant son plateau de carafes d'eau glacée. Tout le monde est gentil avec toi ?

— Je n'ai pas à me plaindre.

— Un conseil, si tu commences à trouver le temps long, fais comme moi, ajouta-t-elle en levant le plateau au-dessus de la tête pour rejoindre la salle. Essaie d'imaginer ce que les gens vont te commander. Ça paie moins que la « Roue de la fortune » mais ça aide.

Elle tourna les talons et replongea dans l'arène.

— Merci du conseil, lui lança Sydney en reprenant son plateau. Bon, j'y retourne, Fran.

— Plus que trois heures, répliqua celle-ci pour l'encourager.

Sydney regagna le secteur qui lui avait été assigné, prête pour un nouveau départ. Elle essayait de ne pas penser à ses pieds douloureux en resservant du café à un homme accoudé au comptoir, puis en dénichant une chaise de bébé pour un jeune couple avec un bambin plutôt remuant, ou en ramenant en cuisine un poisson jugé trop cuit.

Elle s'apprêtait à revenir derrière la machine à café pour une nouvelle pause quand la porte d'entrée s'ouvrit, laissant apparaître la silhouette d'un homme se découpant sur le coucher de soleil. Il s'installa directement à une de ses tables. Elle l'observa quelques instants en essayant comme Robyn de deviner ce qu'il allait commander. L'homme était plutôt râblé avec de rares cheveux blonds filasse et un visage grêlé de petite vérole. « Ce sera une viande avec des pommes de terre et une bière bien fraîche pour faire glisser le tout. »

L'homme la dévorait des yeux avec gourmandise alors qu'elle s'approchait, s'attardant sur chaque partie de son corps.

— Bonjour, dit-elle, en lui tendant le menu et posant un verre d'eau sur sa table. Je m'appelle Sydney et c'est moi qui m'occupe de vous. Puis-je vous conseiller…

— C'est que tu me plais, poupée.

— Quelques… amuse-gueules ? siffla-t-elle entre les dents. Peut-être une entrée chaude…

— Ouais, j'aime quand tu es chaude.

— … des crevettes en sauce ?

— Je vais te dire, Cindy, murmura-t-il en refermant le menu. Qu'est-ce que t'en penses, si tu m'apportais un café avant qu'on cause de ce que je veux ?

Sydney commençait à avoir mal à la mâchoire à force de s'obliger à sourire.

— Tout de suite, monsieur, répondit-elle avant de s'éclipser le plus rapidement possible.

Francie et Robyn étaient à l'office en train de passer leurs commandes.

— Pardon, les filles. Dis-moi, Francie. Sur une échelle de un à dix, à combien tu estimes la colère de M. Terwilliger si je vide une carafe d'eau glacée dans le pantalon d'un mec pour le refroidir un peu ?

— Quoi ? Qui ? demanda Francie en jetant un coup d'œil dans la salle.

— Le salaud dans le coin là-bas.

Francie et Robyn tournèrent la tête dans la direction indiquée.

— Oh, non ! gémirent-elle en chœur.

— Ce mec est une horreur, poursuivit Francie en secouant tristement la tête. Je suis vraiment désolée, ma chérie. Si seulement je l'avais vu entrer, je m'en serais occupée moi-même.

— Ma pauvre petite, renchérit Robyn. Je n'arrive pas à croire que tu es tombée sur ce trou du cul dès le premier jour.

— Vous le connaissez ?

— Malheureusement, oui, répondit Francie en levant les yeux au ciel. Il vient de temps en temps et il reste des heures à mener la vie dure aux serveuses. On dirait qu'il n'a que ça à fiche.

— Vous avez averti M. Terwilliger ?

— Il ne veut rien entendre, grogna Robyn. D'abord, parce qu'il a peur de ce mec. Ensuite, parce que le lascar lui règle de grosses additions. Il n'y a que ça qui compte pour lui.

— Je m'en charge, dit Francie en esquissant un pas en direction du bonhomme. J'ai l'habitude.

— Non ! s'exclama Sydney en la rattrapant par le bras. Ce n'est pas juste. Je n'ai que deux ou trois clients. Vous, vous êtes débordées.

La voix du type retentit à ce moment-là.

— Oh ! Cindy ! Ce café, c'est pour aujourd'hui ou pour demain, ma douce ?

Francie et Robyn adressèrent un regard compatissant à leur malheureuse collègue.

— Ne vous inquiétez pas, assura Sydney en versant une pleine tasse de café. Je vais m'en sortir.

Elle se composa un sourire de circonstance, ni trop avenant ni trop froid, et se dirigea résolument vers la table de son client.

— Votre café, dit-elle en posant la tasse devant lui. Vous avez choisi ? poursuivit-elle, le carnet à la main.

Le type roulait des yeux comme un malade.

— Et si tu me donnais ton numéro de téléphone ?

Elle serra très fort son calepin et prit une profonde inspiration.

— Que diriez-vous d'une de nos soupes maison ? proposa-t-elle.

« Reste calme. Souviens-toi, on te paie un salaire ridicule pour prendre des gants avec des merdeux dans ce genre. »

— À moins que vous ne préfériez une salade de pommes de terre, des tortillas au poulet, du gaspacho…

— Je me contenterai de tes jambes, intervint-il l'air lubrique. Apporte-moi une jolie petite cuisse de poulette au barbecue. Dépêche-toi, ma poupée. Je laisse de bons pourboires.

« Souris et encaisse », pensa-t-elle en se dirigeant vers les cuisines. « Oublie les insinuations de ce gros dégueulasse et concentre-toi sur ton travail. »

Quand la commande fut prête, elle posa l'assiette sur son plateau et, respirant à fond, retourna vers son client. L'homme était toujours là, l'air plus vicelard que jamais. Sydney, aux aguets, se pencha sur la table et y déposa le plat brûlant. Elle sentit alors quelque chose lui effleurer le genou. L'horreur. Le salaud, qui tenait son café d'une main, tirait sur sa jupe d'uniforme de l'autre.

« Ah ! C'est comme ça. » Sans réfléchir, elle repoussa la main de l'indélicat, pivota brusquement et lui enfonça le tranchant du plateau juste sous la pomme d'Adam. L'homme lâcha la tasse dont l'essentiel du contenu se répandit sur son pantalon.

— Nom de Dieu ! bredouilla-t-il.

Sa grosse tête rougeaude était devenue pâle comme un linge. Ses yeux injectés de sang roulaient, affolés. Il avait perdu son air menaçant pour sombrer dans le pathétique.

— Maintenant, laisse-moi te donner un conseil gratuit, grogna Sydney. Trouve-toi une autre cantine. Ou, si tu veux continuer à venir ici, contente-toi de ce qu'il y a sur le menu.

— Ouais ! s'écria une femme quelques tables plus loin.

Certains applaudirent, dont Francie qui s'était approchée pour ne rien perdre de la scène. Robyn, debout près de la machine à café, riait à gorge déployée.

— Qu'est-ce qui se passe ici ? hurla M. Terwilliger en sortant précipitamment des cuisines.

« Ça se gâte. » Sydney recula d'un pas et posa son plateau sur la table voisine. Le bonhomme se leva d'un bond en se frottant le cou sur lequel apparaissait distinctement la trace rouge laissée par le plateau.

— Cette serveuse m'a menacé, rugit-il en pointant son doigt sur Sydney. Cette fille est complètement folle !

— C'est vrai ? demanda M. Terwilliger en se tournant vers Sydney.

— Monsieur Terwilliger, il a essayé de…

— As-tu oui ou non menacé un de nos clients ? répéta-t-il doucement.

L'homme n'en perdait pas une goutte. Ses yeux porcins passaient continuellement de Sydney au furet.

— Oui, mais…

— Désolé, je ne peux pas tolérer ce genre de comportement envers la clientèle de la part d'un membre de l'équipe, poursuivit-il en lançant un regard appuyé au salaud. Je vais devoir me séparer de toi.

— Vous voulez dire que je suis renvoyée ? demanda Sydney.

Elle avait toujours réussi dans ce qu'elle entreprenait… Et voilà qu'elle se faisait virer d'un petit boulot de serveuse ! Maintenant que sa colère était retombée, elle réalisait progressivement l'ampleur du désastre. « Ça ne va pas, ma pauvre fille ? gémissait-elle intérieurement. Ta copine te dégotte un job et toi, tu te fait jeter dès le premier jour ? » C'était une sorte de record.

— M. Terwilliger, ne faites pas ça, intervint Francie en sortant du rang. Puis baissant le ton :

— Ça pendait au nez de ce type depuis longtemps.

Quatre ou cinq clients qui avaient été témoins de la scène approuvèrent bruyamment. Robyn s'absorba dans la contemplation de ses chaussures.

— Ce n'est pas à toi de décider, Francine, répliqua M. Terwilliger en lui faisant face. C'est moi le patron, ici. Retourne au travail.

— Bien envoyé, se félicita l'empaffé en se laissant lourdement retomber à sa place. Maintenant, est-ce qu'il y aurait quelqu'un de mieux élevé pour m'apporter un café ? Pronto.

Sydney remarqua le regard féroce de Francie. Elle serrait les poings. Elle savait ce que ça voulait dire. Francie était sur le point d'exploser d'une seconde à l'autre. Il était inutile qu'elles perdent toutes les deux leur boulot.

Francie ouvrait déjà la bouche, Sydney se précipita vers elle et lui passa tendrement le bras autour des épaules.

— Ça va bien, dit-elle en plongeant les yeux dans ceux de son amie. Je ne suis pas faite pour ce travail. Puis se tournant vers M. Terwilliger : « Je dépose mon uniforme au vestiaire. »

Elle quitta la salle, respirant profondément pour essayer d'évacuer l'angoisse qui la tenaillait.

C'était la totale. Non seulement, elle laissait tomber sa copine et avait perdu son job mais elle se retrouvait au point de départ. Comment allait-elle faire maintenant ? Elle n'avait aucune expérience, pas de relations. À moins d'un coup de bol, elle se voyait vraiment très mal barrée.

« Pas de chance, M. Terwilliger avait tort. Je ne suis pas née pour ce boulot. » Elle prit une grosse goulée d'air en enfilant sa chemise puis en accrochant son uniforme à un cintre en plastique blanc. « Mais je suis bonne à quoi au fond ? »

3

— Sydney ! Oh, Bristow ! Attends-moi !

La voix rauque de Todd de Rossi qui l'appelait du bord de la piste tira Sydney de ses pensées. Elle ralentit progressivement avant de s'arrêter, le souffle court, les mains plaquées sur les cuisses.

— Tu veux me parler ? lui lança-t-elle.

Todd faisait partie de l'équipe masculine d'athlétisme et ils s'entraînaient parfois ensemble.

Il leva le bras gauche et tapota le cadran de sa montre.

— L'entraînement est terminé depuis dix minutes, lui cria-t-il. Je n'ai rien contre l'enthousiasme, mais je ne pense pas que ton coach soit très chaud pour qu'on te retrouve encastrée dans la piste. Tu n'as pas cours aujourd'hui ?

Sydney consulta sa montre Bugs Bunny. « Nom de Dieu ! » Son séminaire sur les institutions commençait dans trente-cinq minutes. L'après-midi était passée comme un songe.

Elle s'était complètement défoncée aujourd'hui. Lorsque quelque chose la travaillait, la course à pied était son meilleur remède pour lutter contre le stress. Le rythme des foulées et de la respiration la conduisait à un état quasi hypnotique dans lequel ses pensées emmêlées semblaient s'organiser d'elles-mêmes. Enfin, en règle générale. Parce qu'aujourd'hui, après plus de vingt tours de piste, elle ne savait toujours pas ce qu'elle pourrait faire comme boulot. Sans compter que les blessures d'amour-propre de ces deux derniers jours la faisaient toujours autant souffrir.

Elle rejoignit Todd près des gradins.

— Je pense que j'ai un peu trop forcé, dit-elle en se massant les mollets.

Il leva la tête vers elle.

— Tout va bien ?

Sydney le fixa, légèrement troublée. Ça se voyait tellement ? Elle ne fréquentait Todd que depuis quelques semaines et il lui semblait incroyable qu'il puisse déjà deviner ses états d'âme. Elle scruta attentivement son visage un court instant, se demandant si elle pouvait se confier à lui. Todd était le prototype de l'étudiant apprenti comédien déjanté, la frime en moins. Sydney aimait particulièrement son rire musical, la manière dont son sourire pouvait éclairer ses traits et faire pétiller ses yeux noisette. Reste qu'elle ne le connaissait pas vraiment. Et elle n'était pas du genre à parler de ses problèmes – sinon parfois avec Francie. Elle avait l'impression de se montrer faible.

— Oui. Je t'assure. Tout baigne, répondit-elle avec un immense sourire. Je me suis simplement goinfrée hier soir et je voulais éliminer le plus de calories possible.

— Je sais ce que c'est, répondit-il en secouant la tête avec sympathie. J'adore le chocolat et il se murmure que ça commence à se voir.

Elle éclata de rire.

— Enfin, l'essentiel c'est que tout aille bien, poursuivit-il avec douceur. Maintenant, je vais me doucher, ajouta-t-il en se relevant d'un bond.

— À bientôt, lança Sydney alors qu'il s'éloignait.

Elle fit quelques pas sur la piste en faisant de grands moulinets avec les bras pour se détendre les muscles. Puis, s'arrêtant, elle se cala solidement sur la jambe droite projetant la gauche en arrière à plusieurs reprises avant de l'attraper avec sa main et de rester ainsi quelques secondes à s'étirer. Elle recommença le mouvement en changeant de jambe.

« Tu ne peux pas continuer comme ça, Syd, pensa-t-elle. Avec toutes ces salades, tu vas finir par faire flipper tout le monde. » Elle leva le genou droit jusqu'à toucher son front, se redressa et fit la même chose avec le gauche. « Essaie de ne plus penser à tout ça. Détends-toi. Profite du beau temps. »

Elle commençait déjà à se sentir un peu mieux. Elle prit une profonde inspiration et regarda le ciel. C'était une journée sans nuages, ce qu'on considère comme un don du ciel en Californie du Sud. Les rayons du soleil qui réchauffaient son corps étaient presque palpables. De l'autre côté du stade, les branches des chênes frissonnaient dans une légère brise. Un oiseau chantait à l'abri du feuillage.

Pourquoi perdre son temps à se lamenter sur son sort ? D'accord, elle avait un lourd passif. Mais ça ne devait pas l'empêcher de goûter à toute cette beauté qui l'environnait.

Sydney s'étira à nouveau. Puis, une sorte de flash attira son regard une fraction de seconde. Elle regarda dans la direction d'où il provenait. Une file de voitures en stationnement. Elle reconnut l'une d'elles, une grosse berline noire, qui était déjà là ce matin à son arrivée. C'était tout à fait le genre de voiture qu'utilisait son père : pratique, fiable et sans fioritures. Elle regarda plus attentivement et remarqua que la vitre côté conducteur était partiellement baissée, laissant apercevoir à l'intérieur un objet qui brillait au soleil. Des jumelles ? Était-il possible qu'il y ait quelqu'un assis dans cette voiture en train de l'observer ?

Sydney fit demi-tour et se dirigea d'un bon pas vers les vestiaires. Tout sentiment de plénitude et d'apaisement s'était brusquement évanoui. Ce n'était vraiment pas juste. Elle ne pouvait pas bouger le petit doigt sans qu'une catastrophe se déclenche. L'autre jour au restaurant et aujourd'hui ça. L'univers était-il tout à coup peuplé de pervers en tous genres ?

*
* *

Sydney avait ouvert son livre de cours et l'avait posé debout devant elle avec l'intention évidente d'échapper à la scène qui se passait de l'autre côté de la table.

— Encore, roucoula Francie derrière le bouquin.

— Hummm, ronronna Baxter.

Sydney essayait de se concentrer sur sa lecture. « Voyons... Les Démocrates croient aux réformes et à l'ouverture sur le monde. Les Républicains prônent une diminution du rôle de l'État et donnent la priorité aux affaires. Les Libéraux estiment que... »

— Des bisous, je veux des bisous, pleurnicha Baxter.

Il s'ensuivit une avalanche de smacks et de bruits pour le moins difficiles à identifier.

Francie pouffa de rire.

— Regarde dans quel état je t'ai mis. Tu as du rouge à lèvres partout.

Sydney poussa un profond soupir. Ça ne l'ennuyait pas vraiment que Baxter déjeune maintenant tous les jours avec elles. C'était un mec sympa. Ses petits jeux amoureux avec Francie n'étaient pas un problème non plus. Non, le problème, c'était elle, Sydney. Elle ne se sentait pas à sa place. Elle avait l'impression d'être une masse inerte pesant sur la vie de sa copine.

Francie se faisait facilement des amis. Dans la queue à l'épicerie, en attendant le bus, en bourrant la machine à laver de ses petits dessous dans la buanderie commune, cette fille était capable de bavarder avec des étrangers comme s'il s'agissait de parents perdus de vue depuis des siècles. C'était d'ailleurs à l'initiative de Francie qu'elles s'étaient rencontrées la première fois. Sydney, à l'inverse, était des plus réservées. Non qu'elle ait peur des gens – disons que Sydney mettait un soin méticuleux à respecter l'espace de chacun. Les gens se trompaient en pensant qu'elle faisait la fière parce qu'elle préférait passer ses pauses à lire plutôt qu'à se mêler aux autres. Elle ne se jugeait pas supérieure à qui que ce soit. Simplement, elle n'éprouvait pas le besoin d'exprimer ses opinions à n'importe qui et n'importe quand. Elle se confiait de temps à temps à Francie, et c'était suffisant.

Pas vrai ?

— Eh, Syd, s'écria Francie, dont la tête émergea au-dessus du bouquin, bientôt suivie par celle de Baxter. Ça te dirait de venir à Westwood avec nous ? Ils viennent d'ouvrir un nouveau bistrot où ils jouent du jazz l'après-midi.

— Non merci, répondit Sydney, renonçant à la perspective d'un cappuccino sur fond de musique douce. Il faut que je révise pour l'interro.

— Tu es sûre ?

— Je te promets, Francie. Je suis débordée, poursuivit-elle en désignant toutes ses notes éparses sur la table. Mais allez-y, vous.

— D'accord, soupira Francie en haussant les épaules. Bonne chance pour ton interro. On se retrouve tout à l'heure à la piaule.

— Salut Syd, lança Baxter en agitant la main.

Sydney remarqua qu'il avait encore un peu de rouge à lèvres au coin de la bouche.

Elle les regarda s'éloigner main dans la main. Elle repensa subitement à Dean et à l'humiliation qu'elle avait subie, puis se détourna rapidement et replongea dans ses notes de cours en essayant d'ignorer sa honte.

— Excusez-moi. Mlle Bristow ? Vous êtes bien Sydney Bristow ?

Sydney leva les yeux. Devant elle, se tenait un homme en costume sombre. Il paraissait la cinquantaine, les cheveux blond-roux tournant au gris. On aurait dit un ancien joueur de football américain avec sa carrure d'athlète.

— Oui, c'est moi, répondit-elle, légèrement sur la défensive.

Elle n'avait pas l'habitude que des hommes l'abordent sur le campus, surtout des types dans ce genre-là, en costume strict et ayant si fière allure.

— Je m'appelle Wilson et je recrute pour la CIA.

Son visage resta de marbre alors qu'il lui tendait sa carte de visite professionnelle. « Banque Crédit Dauphine et associés. » Juste en dessous on pouvait lire le nom « Reginald Wilson » suivi d'une adresse et d'un numéro de téléphone. Aucune mention d'une quelconque appartenance aux services secrets.

Sydney le toisa de bas en haut. Il avait le soleil dans le dos. S'agissait-il du dernier canular inventé par les potaches du campus ?

— Tiens donc ? répliqua-t-elle en affichant son scepticisme. C'est un truc pour la caméra cachée ?

— Je vous garantis que ce n'est pas une blague, poursuivit-il sans que sa voix manifeste la moindre émotion.

Il fouilla dans sa poche et en tira un petit portefeuille en cuir. À l'intérieur, une carte d'identité marquée du sigle de la CIA.

Sydney tressaillit. Après tout, c'était peut-être vrai. Elle avait la chair de poule malgré la touffeur de l'après-midi. Que lui voulait la CIA ? Avait-elle trop parlé dans son cours sur les institutions ? Oublié de payer une vieille amende de stationnement ? Toutes sortes d'hypothèses se bousculaient dans sa tête.

Il esquissa un vague sourire en rangeant son insigne.

— Vous n'avez aucune raison de vous inquiéter, reprit-il comme s'il lisait dans ses pensées. Nous recherchons des étudiants motivés susceptibles d'intégrer l'Agence. Nous croyons que vous êtes une excellente candidate.

Sydney sentit que son esprit chavirait.

— Moi ? s'étonna-t-elle le souffle coupé. Travailler pour la CIA ?

— Si la proposition vous intéresse, appelez le numéro qui se trouve sur la carte, continua-t-il sans autrement se soucier de l'air hagard de Sydney. Surtout ne la perdez pas. Vous n'êtes pas fichée et nous n'essaierons plus jamais d'entrer en contact avec vous.

Sydney le regarda à nouveau, puis regarda la carte.

— Quel que soit votre choix, ajouta-t-il en prenant une voix grave, vous ne devez parler à personne de cette conversation – jamais. Est-ce bien clair ?

— D'accord, articula-t-elle péniblement, au bord de la panique. Je ne dirai rien.

— Parfait, répliqua-t-il en adoucissant le ton. J'espère avoir bientôt de vos nouvelles.

Puis, après un dernier salut de la main, il disparut comme il était venu.

Sydney fronça les sourcils. « Il y a des gens qui croient en moi » pensa-t-elle, excitée comme une puce. Puis elle rangea précieusement la carte de visite dans une des poches de son sac à dos.

*
* *

Le lendemain matin, profitant d'une interruption de cours, Sydney se rendit à la bibliothèque de l'institut située dans le bâtiment de la Powell Library. C'était son refuge. Elle s'y était dégotté un petit coin tranquille dans la salle de documentation. L'endroit était à la fois isolé et douillet. Sydney s'y sentait comme à la maison parmi tous ces livres poussiéreux. Elle venait là quand elle avait besoin de se concentrer sur un boulot difficile ou de réfléchir.

Elle s'installa à même le parquet, les pieds calés contre les étagères qui lui faisaient face, ses cuisses lui servant de bureau. Elle replaça derrière son oreille une mèche de cheveux qui s'était détachée de sa queue de cheval et s'absorba dans son manuel de biologie. Elle avait un examen cet après-midi et elle était censée réviser ce qui différencie les cellules animales des cellules végétales. En fait, elle pensait sans cesse à la carte de visite qui se trouvait dans son sac à dos.

Elle n'avait pas arrêté depuis la veille de revivre la conversation qu'elle avait eue avec Reginald Wilson. Il lui avait paru de bonne foi et son insigne lui avait semblé plus vrai que nature. Ce qui ne l'empêchait pas de continuer à penser qu'il pouvait s'agir d'une supercherie. Dire qu'il lui avait proposé d'entrer à la CIA ! Là, son cerveau explosait littéralement. Rien que l'idée était invraisemblable. Non seulement invraisemblable mais *bizarre*.

La CIA s'intéressait à elle ? Elle aurait plus facilement cru quelqu'un qui lui aurait annoncé qu'elle avait gagné dix millions à la loterie, que Francie était entrée dans les Ordres ou qu'un équipage venu de Mars l'invitait à un petit tour dans la galaxie.

Une personne qui bosse dans les hautes sphères gouvernementales ne peut être autre chose qu'un surhomme. Quelqu'un de fort, de compétent et qui n'a strictement peur de rien. En tout cas pas une fille incapable de sortir avec un garçon et encore moins de devenir serveuse. Voilà qui bouleversait sa vision du monde. Après tout, s'ils étaient prêts à l'embaucher, c'est qu'au fond, ils embauchaient n'importe qui.

« Oublie », s'abjura-t-elle en plongeant le nez dans son manuel. Il ne pouvait s'agir que d'une blague. Il ne lui manquait plus que ça. Wilson devait être un comédien payé par des petits malins pour piéger des filles comme elle.

« Et pourtant, s'il était sincère ? », insinua une petite voix dans sa tête. Ses yeux se tournèrent instinctivement vers son sac à dos. « S'il était sincère, alors sa proposition l'était aussi. »

Sydney referma le manuel et entreprit de fouiller dans son sac à la recherche de la carte. Il fallait se rendre à l'évidence, elle mourait d'envie d'appeler. Elle voulait que toute cette histoire soit vraie. Elle avait besoin de tenir le petit morceau de carton entre ses mains, comme pour se convaincre qu'elle n'avait pas rêvé. Elle avait besoin de le regarder pour continuer à rêver.

Elle soupira profondément et tourna la tête en direction de la fenêtre de l'autre côté de la pièce. Dehors, les étudiants arpentaient les allées, seuls ou en petits groupes. Certains riaient, d'autres étaient absorbés dans leurs pensées. Mais tous savaient où ils allaient.

« Et moi ? » se demanda-t-elle. « Est-ce que je sais où je vais ? »

Il devenait de plus en plus évident qu'elle n'avait aucune envie de devenir prof. Tout son monde s'écroulait. Elle avait brillamment réussi tous ses examens jusqu'à maintenant, mais à quoi bon ! Les rares gens qu'elle avait rencontrés paraissaient seulement se préoccuper de devenir les meilleurs – quant aux autres, ils semblaient plus occupés à se faire des potes qu'à apprendre quoi que ce soit. Elle devait s'avouer que le seul moment palpitant de ses journées était le déjeuner qu'elle prenait avec Francie. Mais l'arrivée de Baxter dans le décor allait bientôt tout changer. Elle commençait à se sentir de plus en plus isolée et sans attaches.

C'est ainsi qu'elle se retrouvait seule dans la pénombre d'un recoin de bibliothèque à s'enfouir dans les livres.

« Et si c'était du bidon ? » La question revenait pour la énième fois. Elle ne voulait pas prendre le risque d'appeler et de tomber sur une bande de petits rigolos à l'autre bout de la ligne. Elle n'avait pas besoin de ça. Inversement, si c'était vrai, elle était à peu près certaine de prendre un nouveau bouillon.

Sydney froissa la carte dans sa main et chercha des yeux la poubelle la plus proche. Elle ne savait pas quoi faire. Puis, se levant lentement, elle rangea la carte dans sa poche.

Elle n'avait rien décidé. Pas encore.

4

— Il y a des centaines d'étudiants en physique sur ce campus qui planchent sur la manière d'échapper à la gravité alors que mes cheveux y arrivent bien tout seuls !, grommela Francie.

Elle passait ses longs doigts manucurés dans la masse de ses cheveux noirs en grimaçant devant son reflet.

— Tu penses que l'un d'eux pourrait me prendre comme sujet de recherches pour sa maîtrise ?

Sydney la regardait, assise dans son lit, ses longues jambes repliées devant elle.

— Du calme, Francie, dit-elle en esquissant un sourire. Tu es vraiment superbe.

Francie lui adressa une petite moue complice avant de revenir à son miroir.

— Je n'ai pas envie que Baxter s'imagine que je fais partie d'un groupe punk ou un machin dans le genre. Il y aura pas mal de ses potes à cette soirée. Je ne veux pas lui faire honte.

Elle se peigna les cheveux en arrière, les attacha avec une barrette qu'elle défit aussitôt en marmonnant.

— Laisse-moi faire, proposa Sydney en s'asseyant au bord du lit.

— Merci.

Francie traversa la pièce pour rejoindre son amie, sa jupe fleurie produisant un léger bruissement à chaque pas.

— Tu sais, reprit-elle en lui tendant la brosse, j'aimerais vraiment que tu nous accompagnes. On est vendredi soir, Syd.

Puis après une hésitation :

— Je comprends que cette histoire avec Dean t'ait blessée mais ce n'est pas une raison pour renoncer à t'amuser. D'ailleurs, je ne pense pas qu'il vienne. Mais même s'il venait, tu peux compter sur nous pour lui mener la vie dure.

En entendant le nom de Dean, Sydney sentit son cœur s'accélérer puis cogner de plus en plus fort dans sa poitrine.

— Il ne s'agit pas de ça, mentit-elle en essayant de ne pas trembler tandis qu'elle passait la brosse dans les longs cheveux frisés de Francie.

— Je suis complètement vannée, reprit-elle.

Francie poussa un profond soupir.

— Tu ne me racontes pas n'importe quoi ? Sincèrement ? Je t'avoue que j'aurais du mal à m'amuser si je sais que tu n'es pas bien.

Sydney se mordit les lèvres. Elle avait toujours été assez fière de savoir cacher ses émotions mais elle devait reconnaître qu'avec Francie ça ne marchait pas toujours.

— Parole de scout, jura-t-elle. Tu n'avais pas tort de

me reprocher de m'inscrire à trop de cours. J'ai eu une semaine harassante.

— Promets-moi que le prochain semestre, tu reviendras à un emploi du temps normal. Pas plus de quinze heures au maximum.

— Promis, s'empressa de répondre Sydney, heureuse de constater que Francie semblait enfin convaincue.

Elle savait que sa copine avait raison mais en même temps elle se voyait mal aller à cette soirée. Elle n'avait jamais brillé dans les mondanités. Elle avait horreur d'être jaugée par un tas de gens qu'elle ne connaissait pas. Elle préférait les petites réunions à deux ou trois. Sans compter qu'elle aurait l'impression d'être de trop maintenant que Francie sortait avec Baxter. Elle savait en outre que Francie ne pourrait s'empêcher de la pousser à flirter à droite et à gauche et que tout ça finirait en eau de boudin.

« Et si Dean se pointait quand même avec sa brochette d'admirateurs ? » Cette simple pensée la fit frémir. « Non, c'est impossible. »

— Encore un petit moment. Ne bouge pas.

Sydney tenait fermement la queue de cheval qu'elle venait de faire tandis qu'elle fourrageait de sa main libre dans le tiroir de la commode à la recherche d'une de ses barrettes. Elle attacha ensuite les cheveux et passa un dernier coup de brosse.

— Voilà, dit-elle en tapotant l'épaule de son amie. Tu es splendide.

Francie se précipita vers le miroir et sourit d'une oreille à l'autre.

— Magnifique ! Merci, Syd. Tu me sauves la vie.

Il était temps. On venait de frapper à la porte.

— C'est lui, bredouilla Francie, les yeux comme des soucoupes.

— Je m'en occupe, proposa Sydney en se dirigeant vers la porte. Toi, assieds-toi et prends l'air naturel.

— Je vais essayer, répondit Francie, tirant sur sa jupe avant de se laisser tomber sur une chaise.

Sydney posait déjà la main sur la poignée.

— Non, attends, souffla Francie qui faisait de grands gestes frénétiques avec les mains. Je ne veux pas lui donner l'impression que j'étais trop impatiente.

Elle fit lentement jouer ses poignets à plusieurs reprises comme si elle répétait un numéro de flamenco.

— C'est bon. Vas-y.

Sydney ouvrit la porte. Baxter, en short et chemise hawaïenne, se tenait langoureusement appuyé contre le chambranle.

— Salut, bredouilla-t-il en se redressant subitement. Francie est là ?

— Je crois, répondit Sydney en essayant de ne pas éclater de rire. Entre.

Alors qu'il pénétrait dans la pièce, Francie se fendit d'un énorme sourire et se leva d'un bond de sa chaise, à croire qu'elle était montée sur ressort. Elle s'interrompit brusquement dans son élan pour venir mollement s'appuyer sur la commode de Sydney.

— Salut, Baxter, lança-t-elle timidement.

— Salut Francie. Waou. Tu es…

Il secoua la tête sans terminer sa phrase.

Le visage de Francie rayonnait.

— Merci, répondit-elle.

Sydney poussa un petit soupir en s'écartant de la scène pour essayer de se fondre dans le décor. C'était super de voir Francie heureuse. Reste qu'elle ne pouvait s'empêcher d'éprouver un léger pincement au cœur. Est-ce qu'elle connaîtrait un jour de pareils moments ?

— On devrait y aller, intervint Baxter en montrant la porte du menton.

— On y va, acquiesça Francie.

Elle attrapa son sac à main et se tourna une dernière fois vers Sydney.

— Tu es sûre de ne pas vouloir venir ?

— Ne t'inquiète pas, s'empressa-t-elle de répondre. Et puis, je vais avoir la piaule pour moi toute seule.

— Alors, à plus tard.

— Salut. Amusez-vous bien.

Elle les regarda dévaler l'escalier, referma la porte puis se jeta sur son lit.

Subitement, tout avait l'air si calme –trop calme. Chaque bruit paraissait amplifié une centaine de fois. Le tic-tac de la pendule murale « Looney Tunes » de Francie explosait à chaque seconde. Elle pouvait même entendre les vibrations de son miniréfrigérateur.

Dehors, le même calme. Aucun éclat de voix, aucun bruit de pas dans les couloirs, pas de stéréo jouant au loin des mélodies assourdies. Elle devait être seule dans tout le bâtiment.

« C'est très probable. On est vendredi soir à L.A,

pour l'amour du ciel ! Tout le monde est sorti s'amuser ou parti rejoindre sa famille. »

Ils avaient tous des amis, des parents.

Elle, ne pouvait se réfugier que dans les livres.

Une fois de plus, elle sentit son cœur se serrer. Elle prit une profonde inspiration et décida de l'ignorer. Elle ouvrit son livre d'espagnol et essaya de se concentrer sur l'histoire *de una nina* répondant au nom de Carmen. Carmen venait de perdre *su perro*. Elle referma brusquement le bouquin.

Inutile d'insister. Elle n'avait pas envie de bosser ce soir. Ce n'était pas parce qu'elle n'avait pas d'amoureux ou de famille chez qui passer le week-end qu'elle n'avait pas le droit de se détendre.

Elle sauta du lit, ouvrit son armoire pour prendre son sweat préféré. Elle allait se faire un petit film sur le combi TV/magnétoscope qu'elles s'étaient offert sur un coup de folie avec Francie au début du semestre. Elle retirait son jean quand un petit morceau de carton tomba de sa poche arrière et atterrit sur le sol devant elle. C'était la carte de Wilson.

Sydney la ramassa pour l'étudier à nouveau. Elle était toute froissée d'avoir été manipulée dans tous les sens. En sortant de la bibliothèque, elle avait senti sa présence dans sa poche comme si elle irradiait de la chaleur ou qu'il s'agissait d'une démangeaison. Elle l'avait sorti des dizaines de fois pour la contempler, la tournant et la retournant dans sa main, toujours aux prises avec le même dilemme.

Elle resta immobile quelques instants, se demandant ce qu'elle allait faire. La ranger dans un tiroir ? La mettre dans son agenda ? « Souviens-toi de ce beau jour de septembre où la CIA a essayé de te recruter. » Sûr qu'elle en rirait bientôt en la retrouvant par hasard !

Et puis, non. Elle avait assez ri. Les choses étaient déjà assez compliquées comme ça sans se prendre à délirer sur un improbable emploi dans les services secrets. Il fallait arrêter ce petit jeu tout de suite sinon elle allait devenir folle.

Sydney leva le bras avant de regarder la carte tomber dans la corbeille à papier en décrivant de jolies vrilles.

— Là, on n'en parlera plus, murmura-t-elle, soulagée.

*
* *

Quatre heures plus tard, elle était la plus heureuse des filles, confortablement installée dans son lit, un paquet de pop-corn ouvert à côté d'elle. Sur le petit écran, Obi-Wan Kenobi se rendait à Darth Vader pour permettre à Luke, Leia, Han Solo et aux robots de s'enfuir dans le vaisseau spatial.

Elle entendit quelqu'un introduire une clé dans la serrure. Une seconde après, la porte s'ouvrit devant Francie. Elle avait les pommettes rouges et ses cheveux étaient légèrement défaits. À part ça, elle affichait la même expression ravie que lors de son départ.

— Salut, lui lança Sydney en baissant le son à partir de la télécommande. Alors cette fête ?

— C'est toujours pareil, répondit Francie en essayant

de se composer une mine vaguement désabusée. C'était sympa. La musique craignait et je me demande si, parmi les invités, il n'y en avait pas qui faisaient un concours à qui serait le plus odieux.

— Vous vous êtes bien amusés avec Baxter ?

— Ouais, répondit-elle après un temps en souriant aux anges. On s'est bien amusés.

Francie jeta son sac sur son lit et vint s'asseoir à côté de Sydney devant la télé.

— Mon Dieu. Je n'ai pas revu ce film depuis au moins dix ans. Qu'est-ce qui t'a pris ?

Sydney haussa les épaules.

— Comme toi, ça faisait longtemps que je ne l'avais pas revu.

Elle répugnait à lui avouer que les autres films de leur vidéothèque étaient trop déprimants à regarder quand on se trouvait soi-même en plein marasme. « Taxi Driver » de Scorcese, « Le Parrain » 1 et 2 de Coppola, « Reservoir Dogs » de Tarantino, quelques Hitchcock, c'était plutôt duraille comme choix. Quant à se taper une comédie romantique avec Julia Roberts, c'était hors de question depuis l'incident avec Dean. Il ne restait plus qu'à se rabattre sur un film d'action ou un machin de science-fiction.

— Tu as regardé celui-là avant ? demanda Francie en montrant la boîte des « Aventuriers de l'Arche perdue » abandonnée sur le lit.

— Ouais.

— Tu as toujours le béguin pour Harrison Ford ?

— Ouais.

Francie retira ses chaussures et se cala confortablement pour suivre le film. Sydney lui tendit le paquet de pop-corn.

— Il y a un truc qui me chiffonne, dit-elle.

— Quoi ?

— À la fin, la Princesse Leia décore Luke, Han et même Chewie, si je me souviens bien ?

— Exact.

— Et bien je me suis toujours demandé pourquoi le quatrième pilote n'avait pas de médaille, lui. Comment il s'appelait déjà ? Wedge ? C'est vrai quoi. Il passe son temps à sauver Luke. Alors que ce brave Han ne le sauve qu'une fois et encore de justesse. N'empêche que c'est lui qu'on récompense. Tu peux m'expliquer pourquoi ?

— Je ne sais pas, Francie.

— Ça me travaille. C'est tout.

— Peut-être qu'ils vont faire un épisode rien que pour lui où il demandera des comptes aux trois autres, suggéra Sydney en lui balançant un coup de coude.

— Ouais. Je vois ça. « Stars Wars » douzième épisode « La revanche de Wedge. »

Elle se mit à agiter les bras comme si elle avait affaire à un ennemi invisible.

— Il revient ! Il est complètement dingue ! Il veut qu'on lui donne sa médaille !

Sydney éclata de rire.

— Arrête ! J'étouffe !

Puis les rires s'éteignirent. On n'entendait plus que le bruit de la télé. Sydney regarda sa copine à la dérobée et sourit. Elle se souvenait de toutes ces fois où elle s'était demandée à quoi ressemblait la vie à la fac, en espérant tomber sur une bonne copine pour partager sa chambre. Aujourd'hui, elle y était et Francie était vraiment une nana super. À Francie pourtant les histoires d'amour et les fêtes, à Sydney... les vidéos.

Les yeux de Sydney s'embuèrent subitement. Elle regarda le plafond, essayant de refouler son envie de pleurer. Elle savait que si jamais elle commençait, elle ne pourrait jamais endiguer le flot. « Petite idiote, se sermonna-t-elle. Tu te vois devant Star Wars en train de chialer sans raison ? » Mais c'était plus fort qu'elle. C'était comme si une digue s'était rompue. Le courant s'engouffrait dans la faille, détruisant tout sur son passage.

Elle cligna des yeux. Une larme roula sur sa joue. Elle essaya de contenir un sanglot. Mais ça ne fit qu'empirer.

Francie se tourna vers elle.

— Syd ? Qu'est-ce qui se passe ?

Sydney secoua la tête, fermant les yeux pour essayer désespérément de refouler ses larmes.

Francie coupa le son de la télé et se rapprocha de son amie.

— Qu'est-ce qui se passe ?

— Je suis... je suis fatiguée, bredouilla-t-elle en s'essuyant le visage du revers de la main. J'aurais dû me coucher plus tôt.

— Allez. Dis-moi ce qui ne va pas.

Francie se rapprocha encore, lui passant le bras autour du cou.

— Qu'est-ce qui t'arrive ? poursuivit-elle avec douceur.

L'attention que lui prêtait son amie ne fit qu'empirer les choses. Impossible de continuer à lutter contre l'envie de pleurer. Elle éclata en sanglots en se réfugiant dans les bras de Francie.

Pendant de longues minutes, Francie se contenta de la bercer doucement en lui caressant la nuque :

— Ne t'inquiète pas. Ça va aller, répétait-elle encore et encore.

Puis voyant qu'elle ne parvenait pas à apaiser son amie, elle se recula légèrement pour fixer Sydney dans les yeux.

— S'il te plaît, dis-moi ce qui ne va pas, supplia-t-elle en plissant le front. Je suis là pour t'aider.

Sydney se sentait à la fois honteuse, pathétique et totalement larguée. Elle prit une profonde inspiration et s'absorba dans la contemplation de ses mains.

— Je me sens complètement perdue, bredouilla-t-elle. Je rate tout ce que j'entreprends.

— Oh, souffla gentiment Francie en lui enserrant les poignets. C'est faux. Ce n'est pas parce qu'il y a eu cette histoire avec Dean et l'épisode du restaurant…

— Non, il ne s'agit pas seulement de ça, marmonna-t-elle.

Sydney se rejeta en arrière, ferma les yeux pour essayer de canaliser ses émotions.

— J'avais espéré que cette première année serait pour moi le début d'une nouvelle vie. Je me suis trompée. Les profs ne sont pas les mentors que j'imaginais, ce sont des gens ordinaires. Les étudiants sont aussi faux culs qu'au lycée. J'avais rêvé de liberté et d'indépendance. Je me sens simplement hors du coup.

Elle ouvrit les yeux et plongea son regard dans celui de Francie.

— Si tu n'étais pas là, je pense que je n'aurais rien à faire ici.

Francie lui prit les mains et les pressa tendrement.

— Écoute-moi. Tu n'es pas une ratée. Tu es belle, en bonne santé et intelligente. Tu n'as pas encore trouvé tes marques, c'est tout. Mais ça va venir. Crois-moi.

Sydney baissa les yeux.

— Je ne sais pas.

— Je te le jure, ma petite, si tu n'arrives pas à te convaincre de tes qualités, moi je lance une pétition. Et tu sais que je le ferai !

Sydney ne put s'empêcher de sourire.

— Crois-moi, poursuivit Francie avec de grands gestes. Tu sais à quel point je suis difficile.

— Je sais.

— Je ne vais voir que des films encensés par la critique. Je mange rarement dans les fast-foods, je ne porte jamais les mêmes vêtements d'une année sur l'autre. Regardons les choses en face. Je suis snob. Répète après moi.

— Tu es snob.

— Alors, je te pose la question, poursuivit-elle. Est-ce que je suis du genre à partager ma chambre avec n'importe qui ?

— Oh, Fran, bredouilla Sydney en laissant retomber sa tête sur l'épaule de sa copine. Comment te remercier ?

*
* *

Sydney se réveilla le lendemain matin légèrement sonnée. Elle avait passé sa nuit à rêver qu'elle fuyait quelque chose qui lui échappait. Mais quoi ? Elle l'ignorait. Elle s'était réveillée à plusieurs reprises dans la nuit en pensant à la carte de visite dans la corbeille à papier. Elle commençait à être obsédée par ce petit morceau de carton.

Enfin un rayon de soleil perça à travers les rideaux, répandant sa lumière dans la pièce. Sydney repoussa les couvertures, se leva du lit et se précipita vers la corbeille. Elle semblait flamboyer. Elle repéra rapidement le bristol au milieu de quelques rares Post-it et autres notes. Elle tendit la main pour l'attraper. Elle devrait peut-être appeler ? Ça pouvait être intéressant de devenir un agent du gouvernement. Excitant, aussi.

« Ouais, dommage que je n'ai pas le profil », pensa-t-elle en s'empressant de retirer sa main. Il fallait absolument s'ôter cette idée de l'esprit avant de devenir complètement timbrée. Ce qu'il lui fallait, c'était un bon petit jogging matinal.

Elle enfila son survêtement et ses baskets puis sortit en prenant soin de ne pas réveiller Francie. Dehors, le campus était baigné d'une douce lumière rosée. L'air était vif et à part elle et quelques oiseaux, il n'y avait strictement personne. Tout le monde devait être encore en train de dormir après les excès d'un vendredi soir bien chargé. « Parfait, pensa-t-elle. J'aurai la piste pour moi toute seule. »

À peine cinq minutes plus tard, elle franchissait les portes du stade. Au loin, une silhouette se découpait sur fond de ciel limpide.

— Todd ? appela-t-elle en se dirigeant vers lui.

Il tourna la tête, sourit et courut à sa rencontre.

— Salut, Sydney. Qu'est-ce que tu fais là de si bon matin ? Surtout un samedi.

— J'allais te poser la même question.

— Figure-toi, commença-t-il en sautillant sur place, que j'ai reçu une super nouvelle hier. Depuis je suis comme une pile électrique. Je n'arrive pas à dormir. Il faut que je dépense toute cette énergie avant de faire trop de dégâts autour de moi.

— Raconte, dit Sydney en éclatant de rire. C'est quoi ?

Todd s'immobilisa subitement, jetant des regards affolés autour de lui comme s'il était cerné par une meute de journalistes.

— J'ai trouvé un boulot dans une boîte qui fait dans le caoutchouc, finit-il par lâcher en tapant dans ses mains.

— C'est super !

— Ouais, je pense bien, poursuivit-il en se dandinant comme un footballeur qui vient de marquer un point. Ils m'ont appelé hier après-midi et je suis excité comme une puce. On court ensemble ?

Sydney fit quelques échauffements puis ils s'élancèrent sur la piste.

— C'est vraiment extra, reprit-elle en calquant sa foulée sur la sienne. C'est quand ton entretien ?

— Lundi.

— Ben, mon vieux. Je suppose que tu as attendu ce coup de téléphone toute la semaine ?

— Tu veux rire ? répondit-il en reniflant bruyamment. Je ne me faisais aucune illusion.

— Pourquoi ?

— J'avais déjà postulé à une vingtaine de postes depuis mon arrivée cet été à L.A. À chaque fois, ça a été la même chose. On vous rappellera. Et au final, rien.

Sydney hocha la tête.

— Duraille.

— Je commençais à douter de mes capacités, poursuivit-il en tournant la tête vers elle. J'ai même pensé un moment à abandonner le théâtre pour le marketing. Mais, tu vois, tout s'arrange. Aujourd'hui, du caoutchouc, demain du dentifrice. Qui sait ?

Quelque chose venait de faire tilt dans la tête de Sydney. Elle s'arrêta subitement. Les paroles de Todd continuaient à résonner en elle. « C'est ça », pensa-t-elle. Son angoisse démesurée, l'histoire de la carte de visite… En fait, elle était morte de trouille. L'échec avec Dean puis celui du restaurant lui avaient ôté tous ses moyens. Elle avait peur de prendre un troisième bouillon. Elle avait renoncé à tenter sa chance.

— Sydney ? s'étonna Todd qui avait continué à courir. Tu viens ?

Elle leva la tête. Son avenir se dessinait devant elle.

— Non, lui cria-t-elle. J'ai oublié un truc important.

— Quoi ?

Sydney tournait déjà les talons, réfléchissant à toute

allure. Elle avait l'impression de se réveiller pour la deuxième fois.

— Désolé, Todd. Il faut que j'y aille, lui lança-t-elle. On se voit demain à l'entraînement.

Puis elle s'élança en courant vers la sortie pour rejoindre sa chambre.

*
* *

— Surprise ! s'exclama Francie alors que Sydney franchissait le seuil, le visage rouge comme une pivoine et dégoulinant de sueur. J'ai fait le ménage !

— Qu'est-ce que tu dis ? demanda Sydney en parcourant la pièce des yeux.

C'était tout propre, il n'y avait plus un grain de poussière. Francie avait même fait les deux lits.

— C'est pour me faire pardonner d'avoir été plutôt négligente ces derniers temps, poursuivit Francie. J'étais complètement dans mon truc avec Baxter et je t'ai laissé toutes les corvées malgré ton emploi du temps de surdouée. Mais c'est fini tout ça. Je te jure qu'à partir de maintenant, je vais devenir la championne du monde des copines. Non, la championne du monde des copines, c'est toi. Disons la vice championne du monde.

Sydney se précipita vers la corbeille à papier. Elle était vide.

— Qu'est-ce que tu as fait de la poubelle ? demanda-t-elle, affolée.

— Je l'ai jetée, répondit Francie interloquée. Je l'ai

descendue dans le local à ordures. J'ai entendu le camion un peu plus haut. Il ne doit plus être très loin.

Sydney faillit se sentir mal. Elle étouffait, un énorme poids pesait sur sa poitrine. La carte ! Elle était perdue, ce qui signifiait qu'elle ne pourrait jamais appeler l'Agence ! Wilson avait été très clair. Ils n'essaieraient plus jamais de la contacter.

L'espace d'une seconde, Sydney se rua dans l'escalier puis se précipita dans le hall sans prendre le temps de répondre aux appels de Francie. La rue était noire de gens qui profitaient du week-end pour visiter leurs proches. Sydney évita un groupe d'étudiants occupés à détacher leurs vélos avant de tourner le coin de la rue pour gagner l'arrière du bâtiment.

Les grands containers en acier étaient dans la contre-allée. Elle poussa un soupir de soulagement en apercevant un sac en plastique noir trônant sur l'un d'eux. Ils n'avaient pas encore été vidés. Elle reconnut le bruit caractéristique du camion-benne à quelques rues de là. Il n'allait pas tarder à arriver.

« Il faut absolument que je retrouve cette carte. »

Tout se mêlait dans son esprit. Sydney prit appui sur l'un des containers et l'escalada à la force des bras. À l'intérieur, la température était d'au moins dix degrés plus élevée qu'à l'extérieur. L'odeur âcre de nourriture avariée était particulièrement nauséabonde. Elle déambula dans la benne, observant ses pieds qui s'enfonçaient entre les sacs de détritus.

— Voyons, il doit être dans la partie supérieure, se dit-elle en jetant un regard circulaire. Un sac blanc, sans doute à moitié plein.

Il n'y avait que ça. Des sacs blancs.

Puis, subitement, elle entendit le rugissement d'un gros moteur diesel. Le camion venait de s'engager dans la contre-allée, en interdisant l'accès. Il s'immobilisa dans un épouvantable crissement de freins. Quelques secondes plus tard, résonnait le fracas des containers qu'on charrie.

Au bord de la panique, Sydney commença à examiner chacun des sacs à la recherche d'une marque distinctive. Pendant ce temps, le camion-benne continuait à progresser. Son cœur battait à tout rompre, mais elle restait concentrée sur sa quête, incapable de renoncer à poursuivre sa fouille.

Enfin, un détail accrocha son regard. Un logo de forme ronde transparaissait à travers l'un des sacs. Le paquet de pop-corn de la veille ! Ça ne pouvait être que ça !

Le camion était maintenant tout proche. Le container vibrait comme une vieille bouilloire oubliée sur le feu. Serrant le précieux sac dans sa main gauche, elle enjamba le rebord et sauta sur la chaussée défoncée. Elle atteignit le mur de l'immeuble juste à temps pour voir le container s'élever dans les airs puis se vider dans la benne avec un raffut d'enfer.

« Tu es complètement dingue, ma fille », se dit-elle alors qu'il retombait lourdement sur le sol.

En tout cas, ça valait le coup. Elle avait son sac. D'une main tremblante, elle entreprit de défaire le nœud. L'ouvrit. La carte de visite était là, juste sous le paquet de pop-corn.

Sydney se laissa aller contre le mur en poussant un énorme soupir de soulagement.

*
* *

Le lundi matin, Sydney, de retour de l'entraînement, faisait les cent pas devant la rangée de téléphones publics alignés dans le hall. Son pouls battait à tout rompre et un énorme poids pesait sur sa poitrine. Elle n'avait pas éprouvé pareille sensation depuis le jour où, à huit ans, elle s'était retrouvée sur le plongeoir des grands pour la première fois.

« Qu'est-ce que tu attends ? » se demanda-t-elle en jouant nerveusement avec le petit cœur en argent qu'elle portait autour du cou. « Les bureaux sont ouverts à cette heure. Respire un bon coup et jette-toi à l'eau... »

Elle décrocha le téléphone le plus proche et composa son numéro de carte prépayée. Puis, calant le combiné contre son épaule, elle sortit le bristol et tapa avec le plus grand soin le numéro qui y était inscrit. Ses mains tremblaient et elle respirait avec peine. Une voix répondit presque instantanément.

— Wilson, à l'appareil.

— Hum... M. Wilson ? Sydney Bristow. Vous m'avez donné votre carte, il y a quelques jours sur le campus de UCLA.

Elle essayait d'adopter un ton assuré, mais elle butait sur chaque mot.

— Oui, Sydney. Mais je préfère qu'on ne parle pas au téléphone. Passez au Crédit Dauphine cet après-midi après votre cours d'espagnol.

Il lui dicta l'adresse qu'elle nota au dos de son cahier d'anglais.

— Donnez la carte et votre nom à la réceptionniste en me demandant.

— Très bien. Puis réalisant subitement : Dites-moi, vous avez l'air de bien connaître mon emploi du temps.

Elle n'obtint pas de réponse. Wilson avait déjà raccroché.

À : bossman@creditdauphine.com
De : reginald.wilson@creditdauphine.com
Objet : Sydney A. Bristow.

Tu avais raison. Elle a appelé.

À : reginald. wilson@creditdauphine.com
De : bossman@creditdauphine.com
Objet : Sydney A. Bristow

Joli boulot. Poursuivez le travail d'approche.

5

Lundi après-midi, Sydney poussait les portes du Crédit Dauphine situé dans le quartier d'affaires de Los Angeles. Elle fut immédiatement saisie par le brouhaha qui régnait dans le hall. Les téléphones n'arrêtaient pas de sonner, sans compter le crépitement d'imprimantes invisibles et les nombreux éclats de voix. Des gens en costume sombre couraient dans tous les sens, l'oreille collée à leurs portables.

Elle avait mis son pantalon kaki de chez Gap et un sweat multicolore. Elle avait l'impression d'être attifée comme une gamine. Qu'est-ce qu'elle fichait là ? Elle n'était pas dans le ton. En la voyant, ils allaient subitement réaliser qu'ils avaient commis une terrible erreur. Elle songea un instant à rebrousser chemin. Mais elle voulait en avoir le cœur net.

Elle se passa la main dans les cheveux, s'assura que sa barrette turquoise était bien en place et se dirigea vers un grand comptoir ovale qui tenait lieu de réception. Derrière, se tenait une femme blonde occupée au téléphone et portant un chignon impeccable. Elle raccrocha enfin puis se tourna vers Sydney en affichant un sourire plus poli que nature.

— Que puis-je pour vous ?

Sydney se recula d'un pas et lui présenta la carte de visite.

— Je suis Sydney Bristow. J'ai rendez-vous avec Monsieur Wilson.

Le sourire de la fille s'effaça subitement et elle balaya rapidement le hall du regard.

— Suivez-moi, s'il vous plaît, reprit-elle dans un souffle.

Sydney lui emboîta le pas. Elles traversèrent la vaste entrée, prirent un ascenseur qui les déposa à l'extrémité d'un long couloir recouvert de moquette bleu marine. À l'autre bout, une porte sans aucune mention.

— Entrez et asseyez-vous. Ils ne vont pas tarder à vous recevoir, dit-elle avant de tourner les talons et de disparaître dans l'ascenseur.

« Ils ? », s'étonna Sydney en tournant la poignée puis pénétrant à l'intérieur. La pièce était violemment éclairée par une rampe de néons. Une grande fenêtre donnait sur le hall. Au milieu, trônait une immense table derrière laquelle se dressaient six fauteuils de direction en cuir. Une simple chaise en bois avec un coussin gris lui faisait face. « C'est sans doute ma place », décréta Sydney qui choisit de s'y installer.

Une enveloppe en papier kraft était posée sur le bureau. En se penchant légèrement de côté, elle réussit à lire le nom qui y était noté. C'était le sien. « Soit elle m'est adressée, soit elle me concerne », pensa-t-elle. Elle tendit l'oreille à l'affût de pas dans le couloir, puis attira l'enveloppe vers elle. Elle resta un moment à la contempler en se mordillant l'ongle du pouce. C'était vraiment tentant. « Ça ne peut pas faire de mal si j'y jette un coup d'œil », décida-t-elle. Prenant une profonde inspiration, elle se saisit du document et l'ouvrit.

C'était elle. Une photo d'elle la montrant penchée sur sa salade à une des tables disposées dans le campus. Une autre en train de courir au stade. Elle sentit sa gorge se serrer. Pourquoi avaient-ils pris ces clichés ? Et quand ? Il s'agissait de plans rapprochés pourtant elle n'avait jamais remarqué la présence d'un photographe dans son entourage.

Un petit paquet de feuilles s'échappa de l'enveloppe. Elle ouvrit des yeux comme des souccupes en découvrant leurs contenus. Il y avait là des copies de son certificat de naissance délivré par le « West Virginia hospital » où elle était née, de sa carte de sécurité sociale, de son permis de conduire, de son dossier médical, de ses différents livrets scolaires et même une radio de ses dents.

— Mon Dieu, bredouilla-t-elle, il ne manque que mes empreintes digitales.

Elle les découvrit quelques pages plus loin.

— Mon Dieu, répéta-t-elle dans un soupir.

Elle ne parvenait pas à comprendre comment ils avaient pu se procurer tout ça. Mais était-elle sûre de vouloir comprendre ?

Elle prenait subitement conscience de la réalité. « Ce n'est pas une blague, pensa-t-elle. Ces types, c'est du sérieux. » Elle aurait pu refermer le dossier et essayer de se détendre, mais ça lui était impossible. Il y avait une sorte de fascination morbide à se retrouver ainsi exposée dans ces textes et dans ces photos.

En feuilletant les dernières pages, elle eut la surprise de tomber sur un écrit de sa propre main. Elle eut un choc. Il s'agissait de la photocopie d'une lettre qu'elle avait envoyée à sa copine de lycée Melissa pendant l'été. Elle s'y plaignait de son père et disait son impatience de rejoindre bientôt la fac.

La CIA avait été jusqu'à intercepter son courrier. Elle se sentit défaillir. Depuis combien de temps la surveillaient-ils ainsi ?

Une note dactylographiée était attachée à la feuille par un trombone.

Échantillon d'écriture 1-B

L'analyse graphologique révèle une personnalité fortement indépendante, généreuse, très originale, possédant le sens de la mise en scène mais peu sûre dans sa relation aux autres. Goût prononcé pour la solitude.

Un bruit se fit soudainement entendre de l'autre côté de la porte. Elle sursauta. Des pas remontaient le couloir, ils étaient plusieurs d'après le son. Le sang battait à ses tempes. Sydney referma précipitamment l'enveloppe, la reposa sur le bureau avant de se rasseoir à sa place.

Moins d'une seconde plus tard, la porte s'ouvrait devant Wilson, suivi d'une femme et de trois hommes en costume sombre, le visage de marbre. Ils portaient tous un carnet de notes jaune.

— Re-bonjour, Sydney. J'espère que nous ne vous avons pas trop fait attendre.

— Non, pas du tout, répliqua Sydney en affichant un sourire de circonstance.

Chacun prit place derrière la table.

— J'ai demandé à certains de mes collègues d'assister à l'entretien, précisa-t-il en désignant la bande de clones qui l'entourait. Pour des raisons de sécurité, je ne peux pas vous dire leurs noms, mais sachez qu'ils occupent tous des positions élevées à l'Agence.

— Je comprends, acquiesça-t-elle en essayant de ne pas montrer son irritation. « Ils connaissent tous ma taille de soutien-gorge et moi je ne connais même pas leurs prénoms. On joue à quoi ici ? »

Wilson jeta un regard autour de lui.

— Si tout le monde est prêt, on peut commencer.

La femme en tailleur leva son stylo pour attirer l'attention de Sydney.

— Mlle Bristow, pouvez-vous nous décrire l'état dans lequel vous vous trouvez en ce moment ?

Sydney demeura interdite, les yeux dans le vague. Que ressentait-elle à ce moment précis ? De la peur, de la révolte, de la fierté, tout ensemble. Elle était nerveuse et à la fois mourait d'envie d'en savoir plus. Elle était trop intimidée pour se présenter sous son meilleur jour, comme on fait toujours dans ce genre d'entretien. Elle voulait se montrer telle qu'elle était, celle sur laquelle ils avaient déjà fait une enquête, dépensant l'argent du contribuable. La personne telle qu'elle apparaissait dans le dossier.

— Puis-je me permettre de reformuler ma question,

reprit la femme. Est-ce que vous avez confiance en nous ?

— Non, lâcha Sydney sans hésiter.

Elle avait espéré provoquer certaines réactions, murmures, regards échangés, sourcils froncés, mais tout le monde parut se satisfaire de sa réponse.

— Quels sentiments éprouvez-vous envers le gouvernement des États-Unis ?

Sydney haussa imperceptiblement les épaules.

— Je ne suis pas toujours d'accord avec ce qu'il fait, mais je lui suis loyale.

— Pouvez-vous développer ?

— Même si certaines décisions gouvernementales ne me paraissent pas justes, je dois prendre en compte le fait que les dirigeants en savent plus que moi sur le sujet. Je n'ai pas à remettre en cause quoi que ce soit.

On ne pouvait pas être plus politiquement correct. Mais quelle importance ?

Ils se ruèrent sur leurs calepins, prenant fébrilement des notes, certains hochaient la tête en écrivant.

Les cinq fonctionnaires anonymes continuèrent à lui poser toutes sortes de questions : sur l'école, le sport, ses lectures favorites, ses personnages historiques préférés, ses passe-temps, son régime alimentaire, son sommeil. Pendant tout ce temps, Wilson restait impassible, sans parler ni rien inscrire dans son carnet.

Sydney répondit à tout le plus sincèrement possible, ses pensées revenant toujours vers le dossier posé sur la table et les secrets qu'il contenait. Que lui voulaient exactement ces gens ? Qu'espéraient-ils découvrir ?

— Mlle Bristow, pouvez-vous nous parler des

musiques que vous aimez ? demanda l'homme au complet bleu.

Sydney ne put s'empêcher de sourire.

— Je ne sais pas. Il y a de tout, répondit-elle en secouant la tête, incrédule. Ça a de l'importance ?

L'homme continuait à la regarder fixement.

— Oui. Pouvez-vous nous citer quelques exemples de ce que vous écoutez ?

— D'accord, reprit-elle. Voyons… ça va du rock à la new wave trash en passant par le disco. J'écoute du classique en faisant mes devoirs. Je préfère des trucs plus nerveux quand j'ai fini. J'ai découvert dernièrement Raul Sandoval. Ma co-locataire adore. C'est du hip-hop latinos mâtiné de hard-rock.

Elle n'en croyait pas ses yeux. Ces gars-là continuaient à prendre scrupuleusement des notes. Combien de temps ça allait encore durer ? Les questions étaient de plus en plus tordues.

— Mlle Bristow, avez-vous déjà enfreint la loi ? demanda la femme.

— Non.

— Avez-vous déjà été tentée d'enfreindre la loi ?

— Non.

— Vous est-il déjà arrivé d'être fascinée par un criminel ? renchérit l'homme à la cravate rouge. Par un crime, en particulier ?

— Non ! répéta-t-elle pour la troisième fois.

Elle ne comprenait pas bien où ils voulaient en venir.

L'homme au costume sombre rayé leva la main.

— Mlle Bristow, entretenez-vous une relation en ce moment ?

— Pardon ?

— Pouvez-vous nous éclairer sur l'état de votre vie sentimentale ? précisa-t-il, un soupçon d'agacement dans la voix.

Sydney plongea ses yeux dans les siens, elle sentait la colère monter en elle.

— Je n'en ai pas, finit-elle par répondre.

Sydney était sur le point d'exploser, mais ils continuaient à noter tout ce qu'elle disait. Elle espérait que ce serait bientôt fini. Les questions devenaient de plus en plus personnelles, remuant des sentiments qu'elle aurait préféré étouffer. Elle avait l'impression d'être sur la sellette.

— Mlle Bristow ? intervint l'homme en costume gris en se renfonçant dans son fauteuil. Pouvez-vous, s'il vous plaît, nous parler des relations que vous entretenez avec votre père ?

Là, c'était trop. Sydney se mordit les lèvres.

— Je ne vois pas très bien ce que mon père a à voir là-dedans, lança-t-elle, furibarde.

— Ça a à voir avec vous, Mlle Bristow. Voulez-vous répondre à la question ?

— Non ! Je ne veux pas, reprit-elle en secouant la tête. Il me semble que j'ai été particulièrement patiente et coopérative jusqu'ici. J'attends maintenant que vous me disiez qui vous êtes et ce que vous attendez de moi.

Le visage de l'homme en gris se durcit légèrement.

— Tout ce que vous avez à faire, c'est de…

— Bien, très bien, intervint Wilson en agitant la

main. Si Sydney ne veut pas répondre à la question, elle n'est pas obligée de le faire. Je crois que nous avons recueilli toutes les informations dont nous avions besoin.

Il se leva, suivi par les quatre autres.

— Maintenant, s'il n'y a pas d'objection, je pense que Sydney est prête pour la seconde partie de l'entretien.

Il interrogea chacun du regard. Personne ne répliqua.

— Parfait. Je vous remercie pour votre aide.

Ils sortirent un par un de la pièce en refermant la porte derrière eux. Wilson se dirigea vers la fenêtre dont il descendit les stores avant de revenir vers elle, le visage grave.

— Sydney, ce que vous allez maintenant découvrir ne doit en aucun cas transpirer à l'extérieur. Au risque de vous perdre.

— Je comprends, souffla-t-elle, le ventre noué.

— Sydney, voulez-vous continuer, reprit-il en plantant son regard glacial dans le sien, ou préférez-vous en rester là et rentrer chez vous ?

Sydney considéra un instant la question en se mordillant l'ongle du pouce. L'instant était solennel. Elle commençait, étrangement, à éprouver du respect envers Wilson. Il paraissait lui faire confiance et elle appréciait la façon dont il la traitait d'égal à égal, sans essayer de la diminuer – comme faisait son père.

Elle n'avait jamais cru qu'elle irait aussi loin. En fait, elle avait toujours secrètement pensé que l'entretien finirait en queue de poisson lorsqu'ils s'apercevraient de leur erreur. Mais elle avait réussi l'épreuve, au moins jusqu'à maintenant. Elle voulait aller jusqu'au bout. Pour savoir ce qu'elle valait mais aussi par simple curiosité.

— Je marche avec vous, répondit-elle non sans emphase.

Wilson la considéra un instant avant de hocher la tête.

— Bien, acquiesça-t-il.

Il se dirigea vers le bureau puis sa main disparut sous le plateau. Presque instantanément, un panneau coulissa dans l'un des murs latéraux, révélant une porte dérobée.

— Bienvenue, Sydney, dans le service des opérations spéciales de la CIA, dit-il en l'invitant à entrer.

*
* *

Sydney écarquilla les yeux. Elle était maintenant dans une vaste salle aveugle où s'affairaient tout un tas de gens portant des écouteurs devant une batterie d'ordinateurs. Chacun disposait d'au moins quatre écrans, d'une myriade de boutons de commande et de cadrans.

La pièce débordait d'activité et même l'atmosphère était électrique. Le ronflement des machines était ponctué par des cris annonçant des suites de mots et de chiffres qui n'avaient aucun sens pour Sydney. Il lui semblait incroyable d'être restée presque une heure de l'autre côté du mur sans qu'elle ait entendu le moindre bruit.

— C'est notre centre d'écoute et de surveillance, précisa Wilson.

Il tapa un code sur le pavé de touches encastré dans le mur qui se referma aussitôt.

— Notre quartier général est situé ailleurs, ajouta-t-il.

Il descendit nonchalamment l'escalier. Sydney lui emboîta le pas en repensant à ce qu'elle venait de voir.

— Et la banque ? demanda-t-elle. Ils sont au courant de ce que vous faites ?

— La banque, c'est nous, répondit-il. Pour l'extérieur, nous sommes un établissement financier tout ce qu'il y a de plus légal. Ça nous permet en outre d'employer de gros moyens de sécurité sans attirer l'attention. Ce que vous voyez maintenant, c'est le cœur de notre système de recueil d'informations. Un élément vital pour nous dans le cadre de nos missions secrètes de renseignement.

Il gesticulait tout en marchant, s'attardant ici sur un groupe de gens, là sur de nouveaux gadgets.

Sydney acquiesçait à tout, essayant de ne rien perdre de ses explications.

— Suivez-moi, ajouta-t-il en se dirigeant vers une porte vitrée au fond de la pièce. Je veux tout vous montrer.

« Quoi, il y a encore autre chose ? », s'étonna Sydney en franchissant le seuil à sa suite. Évidemment que ce n'était pas terminé. Des murs qui s'ouvrent… une banque qui abrite un service top secret… un dossier détaillant ses moindres mouvements sans qu'elle en ait jamais rien su… Elle avait l'impression d'être « Alice au pays des merveilles » et elle n'aurait pas été si surprise que ça de tomber sur une chenille fumant un narguilé ou sur un chat qui disparaît derrière son sourire. « Qu'est-ce que je fais ici ? Pourquoi se sont-ils adressés à moi ? » Ces questions revenaient comme un leitmotiv.

Le reste ressemblait à ce qu'elle venait de voir, des pièces aveugles et pour le moins austères. Wilson lui montra les archives, une vaste salle insonorisée pour s'exercer au tir, une grande pièce divisée en boxes contenant chacun un ordinateur et qu'il nomma pudiquement la « salle des interrogatoires ». Ils passèrent aussi devant d'autres portes hermétiquement closes. Sydney ne pouvait qu'essayer d'imaginer les secrets qu'elles protégeaient.

— Il faut des gens de tous les horizons pour faire tourner une organisation comme celle-ci, expliquait Wilson tout en s'engageant dans un autre couloir.

C'était un véritable labyrinthe. Sydney avait depuis longtemps abandonné l'idée de retrouver toute seule son chemin – au cas où Wilson la laisserait plantée là, ce qui paraissait improbable.

— Enfin, pour finir, reprit-il en désignant une grande baie vitrée, j'aimerais vous montrer notre salle d'entraînement au combat.

Sydney s'avança vers la vitre derrière laquelle elle découvrit un grand tatami qui occupait presque toute la pièce. Deux hommes se faisaient face sur le tapis en se tenant sur leurs gardes. L'un, le plus âgé, avait les cheveux gris et portait une moustache poivre et sel. L'autre, moins de trente ans, était châtain et portait les cheveux longs.

— Yoav travaille souvent comme instructeur dans

l'armée israélienne, expliqua Wilson dans son dos. Il entraîne un de nos agents à la technique de combat « Krav Maga ». Ça n'a rien à voir avec le raffinement habituel des arts martiaux. Ce serait plutôt du style combat de rues. En fait, ce que l'on rencontre généralement sur le terrain.

Sydney s'avança encore de quelques centimètres, les yeux rivés sur le plus jeune. Il était étonnamment beau. Pas dans le style décontracté bon chic bon genre de Dean. Ce type était plus vieux, moins lisse et, pour ce qu'elle pouvait en juger, il était doté d'une impressionnante musculature.

En le regardant combattre, parer et répondre aux coups de son adversaire, elle se sentait de plus en plus attirée par lui. Elle voulait tout savoir de lui. Son nom. D'où il venait. Ce qu'il faisait avant de se retrouver là.

Puis subitement, il tourna la tête vers elle. Sydney se recula d'instinct, le souffle court. Prête à répliquer. Leurs regards se croisèrent une fraction de seconde... Le temps pour son partenaire d'opérer un balayage et de l'envoyer au sol.

— Allons-y, dit Wilson en s'éloignant déjà.

Sydney détacha son regard de la forme étendue sur le tapis et se précipita à sa suite. « Ne t'emballe pas, Syd », se sermonna-t-elle en secouant la tête. Tu parles d'une gaffe. Elle aperçoit un beau mec et immédiatement elle se met la tête à l'envers. Vraiment pas de quoi impressionner favorablement un éventuel futur employeur.

Wilson l'entraîna jusqu'à une nouvelle porte avant

de l'introduire dans un bureau tout aussi impersonnel que les précédents.

— Asseyez-vous, je vous prie, dit-il en refermant la porte.

Elle s'installa sur la chaise qui trônait au milieu de la pièce en prenant l'air le plus naturel possible – à la façon dont elle s'imaginait que devait réagir un agent secret. Wilson se cala dans son fauteuil et la fixa un long moment en silence. Il donnait l'impression de vouloir lire dans ses pensées. Sydney essayait de ne pas croiser son regard, préférant se concentrer sur la naissance de son nez et les quelques rides qui y apparaissaient.

— Je vous ai montré tout ce qu'il vous était permis de voir à ce stade du recrutement, dit-il enfin en se repoussant en arrière, les mains croisées sur le ventre. Vous avez des questions ?

— Des centaines, répondit-elle. Mais d'abord...

Elle se mordit les lèvres, refoulant l'interrogation qui la minait depuis des jours. « Pourquoi moi ? »

Wilson fronça les sourcils.

— Vous ne voulez pas travailler pour nous ?

Elle prit une profonde inspiration.

— Je ne sais pas. Vous m'avez montré plein de choses, mais vous ne m'avez pas dit ce que vous attendiez de moi. Est-ce qu'il s'agit d'un travail de bureau, d'aider à des recherches ? Ou bien de tout à fait autre chose ?

— Laissez-moi vous expliquer, répondit-il en posant ses mains sur le bureau. Nous avons à l'Agence sans cesse besoin de nouvelles recrues, mais nous devons être extrêmement attentifs dans nos choix. Nous recherchons des gens brillants, athlétiques, vifs et qui savent garder les pieds sur terre. Vous avez le profil type d'un agent secret de première catégorie.

Sydney resta un moment interdite. Ainsi, c'était vrai. Ils voulaient l'engager dans les services secrets. *Elle*. Ça paraissait incroyable. D'un côté, elle se sentait terriblement flattée, ça l'excitait. De l'autre, elle avait peur, vraiment peur.

— Comme toutes les nouvelles recrues, vous allez commencer par un travail de bureau, poursuivit Wilson, le temps de vous immerger lentement dans l'organisation et de connaître la nature de nos missions. Puis au bout de quelque temps, vous entamerez votre mue pour devenir agent en suivant un entraînement des plus exigeants au combat et au maniement des armes. Le cycle de formation dure entre deux et trois ans.

Sydney se contenta d'esquisser un sourire. Elle n'en croyait pas ses oreilles. Enfin, secouant la tête :

— Qu'est-ce qui se passerait… enfin… Comment pouvez-vous être certain de tenir la bonne candidate ?

Pour la première fois depuis leur rencontre, Wilson parut sortir de sa réserve.

— Écoutez. Vous avez un QI exceptionnel, du talent pour les langues et une belle pointe de vitesse sur piste. Mais vous avez aussi un sens aigu de la justice. Vous vous souvenez de ce pauvre type chez « Les Amis » ?

Un flot d'images envahit l'esprit de Sydney.

— Vous étiez là ! s'exclama-t-elle subitement. Vous étiez assis au bar. Vous portiez une barbiche et un T-shirt. Mais c'était vous !

D'autres souvenirs affluèrent.

— Attendez, reprit-elle. C'est vous qui étiez assis dans la limousine noire aux abords du stade ?

Wilson acquiesça.

— Vous avez le sens de l'observation. C'est tout à fait ce que nous recherchons.

Puis sans crier gare, le visage de Wilson redevint de marbre.

— Voici ce que je vous propose, Sydney. Vous avez vingt-quatre heures pour vous décider. Si vous acceptez le job, appelez-moi demain à cinq heures. Vous ne devez raconter à personne ce que nous faisons ici. Vous devrez expliquer à vos amis et votre famille que vous avez trouvé un emploi dans une banque. On vous fera un topo pour apprendre à répondre à toutes les questions concernant vos rapports avec nous.

Sydney eut un petit pincement au cœur. Bizarrement, elle regrettait de ne pouvoir se confier à son père. « Tu vois, papa. Tu ne veux pas de moi, mais Oncle Sam, lui, me réclame ! » En fait, elle n'aurait jamais rien dit. Mais c'était tout de même amusant d'y penser.

— Et si je décide de renoncer ?

— Pareil. Vous n'en parlez à personne. J'insiste. À personne. De nombreuses vies dépendent du secret dont nous nous entourons. Toute défaillance se paie cher. Nous réservons la plus dure sanction à ceux qui ne respecteraient pas cette règle.

La mort ? Était-il en train de la menacer de mort sans manifester la moindre émotion ? La CIA faisait des trucs comme ça ? « De toute façon, je ne compte pas aller y regarder de plus près. » Elle acquiesça sans broncher.

— Tout est dit, reprit Wilson. Je vous raccompagne jusqu'à la sortie.

Ils se levèrent avant de gagner la porte.

— Sydney.

— Oui ?

— J'espère que vous accepterez de nous rejoindre.

6

« La CIA veut travailler avec moi ! La CIA veut travailler avec moi ! » Elle dansait quasiment en gravissant les marches qui menaient à sa chambre. Elle se répétait cette même phrase depuis qu'elle avait quitté la banque, comme une ritournelle. *Elle* allait devenir un agent secret. Une espionne ! Si elle voulait. Le choix dépendait d'elle. Et même si pour l'instant elle n'avait rien décidé, c'était tellement excitant.

Elle ouvrit la porte.

— Où étais-tu ? lança Francie dès qu'elle eut franchi le seuil. Je me suis inquiétée.

« Ça commence » pensa Sydney en souriant à Francie tout en essayant de se souvenir du baratin qu'elle avait tout de même réussi à mettre au point malgré son exaltation.

— J'ai passé un entretien d'embauche, répondit-elle.

— Quoi ? s'exclama Francie en ouvrant des yeux comme des soucoupes. Où ?

— Une banque en ville, poursuivit-elle en s'asseyant au bord du lit pour retirer ses chaussures. Ils m'ont proposé un poste d'employée aux écritures. Ce n'est pas grand-chose.

— Comment ça pas grand-chose ? Tu es folle ? C'est super pour toi ! Tu vas le prendre ?

Sydney ne put s'empêcher de sourire.

— Peut-être, répondit-elle sans mentir. Mais je ne sais pas si je suis faite pour ce métier.

— Hé, c'est autre chose que de servir la soupe à des gros lourds. Je suis vraiment fière de toi !

Francie se précipita pour l'embrasser.

— Tu sais ce que je te propose ? On va sortir pour célébrer ça.

— Je ne sais pas, bredouilla Sydney en essayant de rester naturelle.

Ce n'était pas vraiment ce qu'elle avait prévu pour ce soir. Elle imaginait le dilemme, assise dans un bar au milieu d'une bande de copains. « Voyons que je réfléchisse. Est-ce que j'accepte de devenir agent secret à la CIA ?... Hé, garçon, remettez-nous une tournée de margaritas avec des nachos, s'il vous plaît ! Où est-ce que j'en étais déjà ? »

— Allez, insista Francie. On se retrouve avec des potes. J'appelle Baxter, toi, tu n'as qu'à inviter le mec avec qui tu fais des tours de piste. Comment il s'appelle ? Todd ?

Elle s'agenouilla devant elle en lui attrapant les mains.

— Je suis certaine que tu n'as pas fait la fête depuis tes années de lycée. Tu vas voir, c'est extra. Il faut que tu te laisses un peu aller.

Sydney la fixa dans les yeux. Il lui était déjà arrivé

de cacher des choses à une amie. Ne serait-ce qu'à Melissa. Cette fois par exemple, lors de la remise des diplômes de fin d'année où elle ne lui avait pas dit que sa robe était affreuse. Ou bien cet autre jour où elle n'avait pas avoué à une copine d'école qu'elle détestait le gâteau aux carottes alors que la pauvre fille en avait apporté un pour son anniversaire. Même cette fois avec Francie où elle lui avait caché qu'elle avait vu un mec pour qui elle avait un faible serrer la main de sa pire ennemie. Mais là, essayer de la jouer fine en risquant de trahir la CIA, c'était une autre paire de manches, un autre genre d'affaire…

Mais à qui essayait-elle de la jouer ? C'était la plus grosse affaire qu'elle ait jamais eu ou même rêvé d'avoir à traiter. Il ne lui était jamais arrivé rien d'aussi excitant. En fait, ces choses-là n'arrivaient pas à *n'importe qui*. Ça ne lui ferait pas de mal de sortir un petit peu pour fêter ça avec ses copains. Elle aurait tout le temps de réfléchir à son retour.

*
* *

Une heure plus tard, Sydney était assise à une table dans un bar enfumé de Santa Monica Pier. En face d'elle, Francie et Baxter se tenaient serrés l'un contre l'autre. Todd, sur sa gauche, était vautré sur sa chaise, les bras croisés sur sa poitrine et les jambes étendues devant lui.

— Ces mecs voudraient jouer comme U2, le problème c'est qu'ils ne leur arrivent même pas à la cheville, dit-il en commentant la musique.

— Tu exagères, protesta Sydney. Moi, je trouve qu'ils ne s'en tirent pas mal.

— Je parle de leur attitude, embraya Todd avec de grands gestes de la main. Tous les musiciens de rock aujourd'hui sont supposés dégouliner de haine. Dis-moi ce que quatre étudiants en droit de Burbank peuvent bien haïr ?

— Ouais, il n'y en a plus que pour la musique contestataire, brailla Francie à travers la table. Je me demande ce que vous avez contre les bons vieux tubes pleins de peps.

Baxter se pencha à son oreille pour lui murmurer quelque chose qui la fit glousser.

Todd secoua tristement la tête.

— Pauvre Francine. Tu n'es pas dans le vent. Plus personne ne danse de nos jours. Ils prennent la pose.

Cela dit, il se figea dans l'attitude du Penseur, les jambes croisées et la main sous le menton. Tout le monde éclata de rire.

— Moi, je me fiche de ce qu'on peut dire, intervint Francie en se levant. Je vais aller me défoncer sur la piste.

Elle attrapa en passant la main de Baxter.

— Tu viens, on va s'en taper une bonne tranche.

— Je suis des vôtres, lança Todd en offrant son bras à Sydney. M'accorderez-vous cette danse, mademoiselle ?

— Avec plaisir.

Ils se dirigèrent tous les quatre vers la piste déserte et commencèrent à bouger au rythme de la musique. Au début, Sydney eut un mal fou à oublier qu'ils étaient pratiquement seuls à danser. Elle évoluait timidement, se penchant vaguement en avant puis en arrière, riant aux gestes exubérants de ses compagnons. Todd, Francie et Baxter en rajoutaient à dessein, secouant leurs corps en agitant les bras dans tous les sens comme s'ils participaient à un concours sur MTV. Sydney finit enfin par se laisser porter par la musique. C'était bon. Elle ferma les yeux et s'abandonna à ses sens tandis que ses amis l'encourageaient.

— Vas-y Sydney, scandaient-ils.

Ça ressemblait à un tour de piste en plus doux et envoûtant. Tout le stress accumulé ces derniers temps s'évacuait sans effort. Francie avait eu raison de penser que ça lui ferait du bien. Elle aurait été incapable de se souvenir de la dernière fois où elle s'était autant amusée.

Le morceau terminé, ils éclatèrent de rire en se tombant dans les bras.

— Tu viens, Todd, lança Baxter en désignant le bar. On offre une tournée de Coca à ces dames.

Sydney et Francie retournèrent s'asseoir en souriant jusqu'aux oreilles.

— Tu vois ? On peut mettre de côté ses études et son boulot sans en mourir, dit Francie à bout de souffle en se recoiffant sommairement. Remarque que tu n'es pas à la veille d'une échéance décisive. Pas vrai ?

Pour Sydney, c'était comme si elle venait de prendre une gifle. Elle jeta un regard circulaire dans la salle. La réalité était de retour. Finie l'insouciance. La question qu'elle avait réussi à écarter de son esprit ces dernières heures la tenaillait à nouveau.

Elle regarda sa montre. Il était déjà presque onze heures. Wilson ne lui avait laissé que vingt-quatre heures pour lui donner sa réponse. Si elle voulait avoir le temps d'y réfléchir sérieusement, il était temps de retourner à la maison.

— Sydney ? s'inquiéta Francie. Qu'est-ce qui se passe ? Tu veux rentrer ?

— Quoi ? Ouais… je crois, répondit-elle en se frottant le nez. Ça t'ennuie ? J'ai encore tout un tas de choses à faire.

— On dirait que ce boulot t'a mis la tête à l'envers.

Sydney ouvrit la bouche pour répondre mais préféra finalement se taire, se contentant de hausser les épaules.

— Je sais que tu ne me demandes pas mon avis. Je vais quand même te le donner, reprit Francie en approchant sa chaise. Je te connais, Syd et j'ai l'impression que tu réfléchis trop.

Sydney leva les yeux au ciel. Elle était touchée par la façon dont Francie se préoccupait d'elle mais elle avait peur en parlant d'en dire trop par mégarde.

— Après tout, ce n'est qu'un petit boulot, poursuivit Francie. Tu n'engages pas toute une carrière. Et même si c'était le cas, où est le problème de bosser dans une banque ? On n'est pas tous appelés à sauver le monde.

Sydney la regarda, au bord de la panique. Obsédée comme elle l'était par son problème, elle n'avait pas compris que Francie parlait en général.

— Ouais, je sais, bredouilla-t-elle.

— C'est tout ce que j'avais à te dire, conclut

Francie en repoussant sa chaise. Maintenant si tu veux, on rentre juste après avoir bu nos consommations. D'accord ?

Sydney resta silencieuse. Elle retournait encore dans sa tête les paroles de Francie. « Et si elle avait raison, se demandait-elle. Si je me faisais toute une histoire de pas grand-chose ? »

De fait, on lui offrait tout simplement une chance de travailler à sauver le monde. De ce point de vue, le boulot lui convenait parfaitement. Restait à savoir si elle en était capable ?

*
* *

Sydney était recroquevillée dans son lit en position fœtale, le visage tourné vers le mur. Après l'avoir déposée, Baxter et Francie s'étaient sentis de faire une virée dans un café de Santa Monica. Elle avait la chambre pour elle toute seule. Il n'y avait pas un bruit – à part le bourdonnement résiduel de la musique passée à pleins tubes en boîte. Enfin seule, elle disposait de tout le calme nécessaire pour réfléchir. Mais le débat s'annonçait plus agité que prévu. Elle n'avait pas les idées bien claires. Une partie de son esprit était restée sur la piste de danse.

Tout ce qu'elle savait, c'est qu'elle voulait ce boulot. Elle le voulait vraiment. Mais son enthousiasme était contrebalancé par la conscience du danger. Elle avait l'impression de se préparer à sauter en parachute. C'était excitant, elle en mourait d'envie. Il n'empêche qu'elle devait vérifier son matériel avec soin, au risque de s'écraser au sol après une chute vertigineuse.

C'était comme son projet de devenir prof. Elle avait longtemps rêvé de suivre les traces de sa mère et voilà que brutalement elle ne se trouvait plus les qualités requises. Non seulement parce qu'elle n'avait personne pour lui montrer la voie mais aussi parce qu'en réalité elle ressemblait moins à sa mère... qu'à son père.

Pourtant son père n'était pas du tout le genre de type à vouloir sauver le monde. Il vendait des pièces détachées d'avion. Le bonhomme était plutôt carré. Non, mieux, c'était une ligne – droite, raide et fuyant devant elle.

Sydney ferma les yeux, cherchant à reconstituer ses traits. Un visage sans aucune expression, le regard morne, une physionomie de prédateur. Attirant mais glacial. Le genre d'homme que tout le monde respecte mais que personne n'apprécie.

Elle-même avait du mal. Pourtant, elle l'aimait. Elle n'avait pas cessé pendant des années de rechercher son assentiment, espérant un jour forger des liens plus étroits. Elle avait cru qu'une fois à l'université, ils entretiendraient des relations d'adultes. Elle n'avait jamais eu le courage d'essayer.

« Pourquoi pas maintenant ? » marmonna-t-elle en s'asseyant dans son lit. Pourquoi ne pas faire appel à lui ? Tout le monde trouvait naturel de demander conseil à son père. Pourquoi pas elle ? Évidemment, elle n'entrerait pas dans le détail. Ce serait un petit miracle s'il acceptait de l'écouter. Il saurait peut-être l'aiguiller sans pour autant qu'elle ait à lui révéler la nature de son problème.

Elle attrapa le téléphone, composa le numéro puis attendit en tapotant nerveusement le combiné.

— Bristow à l'appareil, répondit la voix bourrue de son père après la quatrième sonnerie.

— Papa, c'est moi. Sydney.

— Sydney ? Mais il est onze heures passées. Quelque chose ne va pas ?

— Non, tout va bien. Je voulais simplement te parler.

Elle avait vraiment l'impression de s'exprimer avec une voix de gamine. Elle allait peut-être lui demander de lui raconter une histoire avant de s'endormir.

— Parler ? Mais de quoi ?

— De n'importe quoi, bredouilla-t-elle. Et ton boulot ?

— Très prenant, répliqua-t-il avec irritation. Pour tout te dire, j'ai une réunion très importante demain matin à huit heures. Dis-moi la véritable raison de ton appel.

— Seigneur ! Je ne peux pas appeler mon père pour simplement prendre de ses nouvelles ! explosa-t-elle en se levant brusquement. Tu ne me demandes même pas comment je vais !

— Il est tard et je dois me lever tôt. J'imagine que c'est pareil pour toi.

Elle sentait sa voix se durcir à l'autre bout du fil.

— Écoute, Sydney. Je n'ai pas de temps à perdre. Si tu as besoin d'argent, je préférerais que tu me le dises franchement au lieu de tourner comme ça autour du pot.

Sydney en resta bouche bée. Elle se laissa lentement retomber sur le lit.

— Tu crois que je t'appelle pour te demander de l'argent ? gémit-elle les yeux embués de larmes. C'est ça que tu penses ? Eh bien tu te trompes.

Elle était hors d'elle. Toutes velléités de se confier à lui s'étaient maintenant envolées.

— Tu peux garder ton fric. Je t'appelais pour te dire que j'avais trouvé du boulot et qu'à partir de dorénavant je n'ai plus besoin de ton aide !

Elle raccrocha violemment avant qu'il ait eu le temps de répondre.

« Puisque c'est comme ça, pensa-t-elle en s'essuyant les yeux, j'accepte d'entrer à la CIA. »

Elle se voyait mal finir comme lui. Un homme pour qui vendre des moteurs d'avion était plus important que de parler avec sa propre fille ! Elle, au moins, avait une chance de faire évoluer le monde et elle serait folle de la laisser passer.

Elle se mit à rêver à quel point sa mère aurait été fière d'elle.

Bonjour, monsieur Wilson. Après mûre réflexion, je tiens à vous faire savoir que, moi, Sydney A. Bristow, accepte de devenir agent du gouvernement américain et d'entrer à la CIA.

Silence pesant. Petit rire nerveux. Feuille froissée et jetée par terre.

Je pourrais me répéter cette phrase des centaines de fois, je n'arrive pas y croire. C'était comme ça hier. C'est comme ça ce matin. Ce sera comme ça quand j'appellerai Wilson dans son bureau du Crédit Dauphine en fin d'après-midi pour lui annoncer que j'accepte sa proposition. Devenir agent secret pour mener des opérations spéciales ou faire le zozo. Peu importe.

Vous savez pourquoi j'ai choisi d'accepter votre offre d'entrer à la CIA ? Parce que plus j'y pense (et croyez-moi ça fait vingt-quatre heures que je gamberge. Pèse le pour et le contre. M'arrache les cheveux), plus je réalise qu'il s'agit d'une occasion unique. U-ni-que. Qui au cours de son existence à l'occasion de faire quelque chose de vraiment important ? De faire quelque chose pour son pays, quelque chose qui a véritablement un sens et qui peut bouleverser sa vie ? Me fondant sur mon expérience, sur ce que je vois à la cantine, peu, assurément. Prenez mon père par exemple. Il vend des pièces détachées d'avion. Je reconnais que les gens ont besoin de se déplacer en avion, mais peut-on parler d'engagement véritable ? En quoi le fait de vendre des moteurs pourrait-il changer la face du monde ?

Il serait faux de dire que je n'ai pas peur. J'ai peur. Wilson n'avait pas l'air de plaisanter. La mort rôde. Il a laissé entendre que je risquais d'être assassinée si je révélais à qui que ce soit ce que je savais. Il ignore que je suis déjà passée très près de la mort. Mes jambes se dérobant sous moi, mon cœur cognant à se rompre dans ma poitrine, mon univers explosant en des milliers de fragments que personne ne saurait jamais recoller.

Mais Wilson, considérant sa position, sait déjà peut-être tout ça. Il sait alors aussi qu'après avoir traversé une telle épreuve on peut tout faire.

Ou s'acharner jusqu'à la mort.

*
* *

SIX MOIS PLUS TARD

7

Sydney était accoudée à son bureau, la tête entre les mains. Une pile de dossiers estampillés TOP SECRET en grosses lettres rouges à sa gauche. Devant elle, une série de cartes déployées. On aurait pu les confondre avec de simples cartes routières, à cette différence qu'ici elles étaient parsemées de points rouges numérotés, chacun renvoyant à une série de photos et à une ou deux pages de descriptions détaillées.

Elle secoua lentement la tête en poussant un profond soupir. Le monde ne serait jamais plus pour elle un gigantesque catalogue d'agence de voyages.

En suivant les indications des cartes, on découvrait par exemple, que derrière ces pâturages allemands dignes d'une carte postale, se cachaient des dizaines de missiles nucléaires. Un important arsenal était ailleurs dissimulé dans les combles d'une église espagnole. Au Venezuela, à quelques kilomètres d'une des plages les plus fréquentées du pays, on avait repéré l'existence d'armes chimiques.

Prenant un autre dossier, Sydney se saisit de la carte marquée « Amérique du Nord » et la déplia entièrement. Elle eut immédiatement le souffle coupé. Il y avait des points rouges partout – comme si elle était atteinte de varicelle. N'y avait-il pas un seul endroit où l'on était en sécurité sur cette terre ?

— Je travaille pour la CIA, chantonnait-elle tout en repliant la carte pour la remettre à sa place. Je travaille pour la CIA.

C'était devenu son mantra, son hymne. Elle avait commencé à chanter quelques mois auparavant devant l'énormité de ce qui lui arrivait. Après avoir accepté l'offre de Wilson, elle avait été emportée dans un tourbillon d'activité.

— Ne vous inquiétez pas, vous serez à l'heure pour votre cours d'anglais, lui avait promis Wilson en cette belle journée d'automne, il y avait si longtemps déjà. Il va vous falloir passer plusieurs épreuves avant d'être définitivement engagée, avait-il poursuivi. Une évaluation de vos capacités physiques et mentales. Toute une batterie de tests pour jauger votre intelligence. Vous devrez encore signer une bonne vingtaine de formulaires dans lesquels vous vous engagez à ne rien divulguer de vos activités.

Elle s'était inquiétée de la suite de ses études à UCLA.

— Pas de problème, lui avait assuré Wilson. En fait, nous n'avons pas le choix. Vous avez besoin de cette couverture pour vos amis et votre famille. Il aurait été déraisonnable, étant donné votre profil, que vous quittiez l'université pour devenir employée de banque. Pas vrai ?

Elle avait acquiescé, vaguement soucieuse de savoir ce que Wilson entendait par « profil ».

Wilson avait ouvert la porte de son bureau et l'avait précédée dans le couloir.

— Pendant que nous y sommes, je vais vous montrer où vous allez travailler.

Tout en marchant aux côtés de Wilson, Sydney sentait une douce chaleur l'envahir. Elle y était. Sa nouvelle vie commençait officiellement ! Par quoi allait-elle débuter ? La salle des arts martiaux ? Le stand de tir ?

Mais au lieu de rejoindre les installations secrètes, Wilson la ramena dans le hall de la banque. Il se dirigea vers la réceptionniste blonde, à qui elle s'était adressée la veille, et il lui glissa quelques mots à l'oreille. La femme quitta son comptoir pour venir à la rencontre de Sydney.

— Je vous présente Maxine, dit Wilson. C'est à elle que vous aurez affaire.

— Et vous ?

Question idiote, mais Sydney s'était prise d'affection pour Wilson au cours de ces derniers jours. L'idée de passer entre d'autres mains lui déplaisait.

— Ne vous inquiétez, je serai toujours dans les parages, répondit-il en lui adressant un de ses rares sourires. Souvenez-vous de ce que je vous ai dit. Nous allons vous observer très attentivement et nous vous ferons savoir quand – il fit une courte pause pour balayer le hall des yeux – quand vous serez appelée à des tâches supérieures.

— Suivez-moi, Sydney, dit Maxine en lui faisant signe du doigt.

Sydney lui emboîta le pas jusqu'à l'ascenseur. Alors que les portes se refermaient, elle jeta un rapide coup d'œil en direction de Wilson. Il acquiesça de la tête comme pour dire : « Tout ira bien. » Puis les portes se refermèrent et l'ascenseur s'éleva dans les étages.

Les genoux de Sydney tremblaient légèrement. Elle observait Maxine dans son tailleur de bonne coupe à la dérobée. Elle ne pouvait s'empêcher de se demander comment elle était arrivée là. En fait, elle se posait la question à propos de tous les gens qu'elle rencontrait. Quelle était la nature de leur travail pour la CIA ? Que savaient-ils ? Étaient-ils heureux de leur sort ?

L'ascenseur s'arrêta au vingtième étage. Les portes s'ouvrirent et Maxine fit signe à Sydney de la suivre. Elles remontaient maintenant un long couloir donnant sur des bureaux de chaque côté. Des bruits assourdis de photocopieuses et de téléphones résonnaient dans toutes les directions comme des crickets lors d'une nuit dégagée. Elles croisèrent une femme portant une liasse de papiers et une tasse de café fumant. Un homme plongé dans la lecture d'un dossier faillit les percuter.

Maxine l'introduisit dans une pièce plongée dans la pénombre et dont les murs disparaissaient derrière de grandes armoires de rangement noires.

— Nous y voilà, annonça-t-elle en allumant la lumière. C'est ici que vous allez passer l'essentiel de votre temps. En arrivant, vous distribuez les dossiers portés sur le tableau aux personnes concernées. Les dossiers sont systématiquement retournés ici. Vous êtes chargée de les récupérer et de les remettre à leur place.

— D'accord, répondit Sydney en essayant de paraître motivée.

Maxine lui sourit.

— Je sais. Ce n'est pas un boulot très excitant mais c'est un bon moyen de vous mettre dans le bain. Si tout se passe bien, vous aurez ensuite des choses plus intéressantes à faire, comme mener des recherches ou rédiger des rapports.

— Combien de temps ça met avant de…

Sydney laissa sa phrase en suspens, ne sachant quel mot employer. Wilson choisissait toujours ses mots avec soin et Sydney avait peur d'utiliser un vocabulaire inapproprié, voire de sortir une balourdise.

— Avant de passer à autre chose ? demanda Maxine en hochant la tête.

Sydney en resta bouche bée. Apparemment, on parlait comme tout le monde au vingtième étage.

— Habituellement deux ans, poursuivit Maxine. Mais pour certaines personnes, ça peut aller plus vite.

— Je vois.

— Bien. Maintenant, je vais vous montrer le fonctionnement de la photocopieuse.

— Super, s'exclama Sydney forçant légèrement la note.

« Pas de quoi s'amuser, Emma Peel » pensa-t-elle en lui emboîtant le pas.

Ce ne fut qu'après plusieurs semaines passées à trimballer des dossiers et à faire des photocopies, qu'on lui demanda sa première note de synthèse. Sydney lut des montagnes de documents, regarda des centaines de photos, rapidement absorbés par sa mémoire d'éléphant. Elle découvrait un nouveau monde, un monde plein de dangers.

Mais au lieu de la remplir d'effroi, ça la motivait. Elle était impatiente d'apporter son concours. « Je travaille pour la CIA », se répétait-elle le matin sous la douche, en voiture sur le chemin du boulot, en s'entraînant sur la piste. Elle était fière comme un pou de ce qui lui arrivait.

Alors, comme elle ne pouvait le dire à personne…

Elle se le disait à elle-même.

— Sydney ?

Maxine avait passé la tête dans son bureau, son bracelet en or cliquetant contre le chambranle.

— Vous avez terminé votre note sur la radio surveillance ?

— Oui, c'est fait, répondit Sydney en ouvrant son tiroir pour en tirer un dossier aussi épais qu'un roman sentimental. Et j'ai aussi réalisé ce rapport sur les mercenaires en Amérique du sud, ajouta-t-elle en saisissant une autre liasse de papiers.

— Déjà ? s'étonna Maxine en pénétrant dans la pièce.

Elle prit le document et le parcourut rapidement.

— Je ne sais pas comment vous faites pour aller aussi vite. À peine le temps de respirer. Vous êtes surhumaine ou quoi ?

Elle lui adressa un large sourire avant de tourner les talons.

— N'oubliez pas de distribuer ces mémos, lança-t-elle par-dessus son épaule.

Sydney secoua la tête. *Surhumaine ?* Maxine était constamment épatée par la rapidité avec laquelle elle traitait ses dossiers. Parfois, Sydney se demandait laquelle des deux était la moins humaine. Toujours souriante et tirée à quatre épingles, Maxine ressemblait plus à un robot classé top-secret qu'à un être en chair et en os. Sydney n'aurait pas été autrement surprise de découvrir qu'elle portait la marque Mattel gravée dans le dos.

Mais Maxine ne se trompait pas sur la capacité de travail de Sydney. Elle paraissait s'investir à fond dans tous les boulots qu'elle lui confiait. Tout la fascinait. Et plus elle apprenait et plus elle en redemandait. Elle n'en avait jamais assez.

Sydney se leva, prit un paquet de feuilles sur une des étagères et sortit dans le couloir pour commencer sa tournée. Chaque porte était dotée d'une boîte dans laquelle elle déposait un exemplaire du document.

— Sydney ? appela une voix d'homme dans son dos.

Elle se retourna. Wilson venait à sa rencontre.

— Bonjour, bredouilla-t-elle, surprise.

Elle l'avait à peine croisé deux ou trois fois depuis qu'elle avait commencé à bosser pour Maxine.

— Vous me cherchiez ?

— Le moment est venu, Sydney. Suivez-moi.

Son visage était aussi impassible que d'habitude, mais quelque chose dans son attitude semblait indiquer une certaine excitation.

« Le moment ? » Le pouls de Sydney s'accéléra subitement.

— J'arrive, répondit-elle en souriant nerveusement. Je finis ce…

— Laissez tomber.

Il se saisit du paquet de mémos et le posa sur une table proche avant de se diriger vers l'ascenseur.

Tout le temps de la descente, Wilson ne souffla mot des motifs qui l'amenaient, abandonnant Sydney à ses pensées.

« C'est le grand jour ? » se demandait-elle. « Est-ce que je vais enfin commencer mon entraînement opérationnel ? »

« Tu te trompes, disait une autre petite voix. Ça fait seulement six mois que tu es arrivée et il faut au moins deux ans avant de passer à l'échelon supérieur. Non, il veut simplement te confier un dossier plus gros que d'habitude. »

L'ascenseur finit par s'arrêter. Wilson la conduisit directement à son bureau. Deux personnes les y attendaient. Elles se levèrent dès qu'ils eurent franchi le seuil.

— Lui, c'est Yoav, précisa Wilson en désignant le gros balèze affublé d'une fine moustache. Vous l'avez vu lors de votre première visite. Il entraîne tous nos agents au corps à corps.

— Salut.

L'homme inclina légèrement la tête.

— Elle, c'est Pilar, poursuivit Wilson en désignant une grande femme de fière allure aux grands yeux sombres et à l'abondante chevelure noire. C'est une de nos meilleures spécialistes dans le maniement des armes.

— Salut, dit Sydney en souriant.

La femme hocha la tête et lui rendit son sourire.

— Maintenant, asseyez-vous, reprit Wilson.

Tout le monde s'installa, Sydney entre les deux instructeurs, Wilson derrière son bureau. Il la regardait dans les yeux.

— J'irai droit au but, embraya-t-il. Au quartier général, on pense qu'il est temps de commencer votre préparation.

Sydney se sentit subitement libérée, comme si elle flottait dans les airs. « Ça y est, pensa-t-elle. J'ai réussi. »

Wilson continuait à la fixer en attente d'une réponse. S'agrippant aux bras du fauteuil pour ne pas décoller, Sydney prit une profonde inspiration.

— Merci, c'est super, bredouilla-t-elle. Mais qu'est-ce que ça implique ?

Wilson, Yoav et Pilar se jetèrent de rapides coups d'œil.

— Ça implique que vous n'aurez plus à brasser des tonnes de papier au vingtième étage, répliqua Wilson en se penchant en avant pour lui tendre une petite carte plastifiée couverte de chiffres et de lettres.

— Voici le code permettant d'ouvrir le panneau scellé dans le mur. Je veux que vous l'appreniez par cœur aujourd'hui avant de partir. Demain, vous venez directement ici en arrivant puis vous irez rejoindre Pilar au stand de tir. Vous irez ensuite vous entraîner au combat rapproché avec Yoav. Nous ferons le point en fin de journée. C'est moi qui supervise votre formation aux missions spéciales.

Sydney écouta attentivement. Tout était allé tellement vite. Elle rêvait de ce moment depuis des mois et voilà qu'il était devenu réalité. Ça paraissait complètement fou. Elle serrait la petite carte dans sa main à s'en faire mal pour s'assurer qu'elle ne nageait pas en plein délire.

— Il est capital, poursuivit Wilson, de continuer à faire comme si vous étiez toujours employée de banque. Continuez à porter des tenues strictes, vous vous changerez en arrivant.

— Bien monsieur, répondit-elle en souriant jusqu'aux oreilles. Merci.

— Félicitations, Sydney, conclut-il en se penchant au-dessus de son bureau pour lui serrer la main. Nous n'avons jamais eu une ascension aussi fulgurante. Vous avez démontré des qualités remarquables et un sens aigu pour ce travail. Au quartier général, ils ont décidé de vous mettre en première ligne.

« En première ligne », se répéta-t-elle en chancelant.

Elle savait qu'elle avait fait du bon boulot mais de là à recevoir de tels compliments… C'était tout simplement incroyable.

— Merci encore, bredouilla-t-elle à court de mots.

— Je n'ai qu'une seule question à poser, répondit Wilson en lui serrant la main avec fermeté. Pensez-vous être prête, Sydney ? Prête à devenir un agent de terrain ?

8

— Hiiah !

Sydney contourna l'homme et essaya de lui décocher un coup de coude.

— Reeeaah !

Il la contra d'un rapide balayage.

Sydney roula sur le côté puis se remit sur pied, les yeux rivés sur son adversaire. Tous ses sens étaient en alerte maximum. Son corps était tendu comme un cobra sur le point d'attaquer. Tout avait disparu. Elle ne sentait plus ni la fatigue, ni la sueur qui dégoulinait dans son dos et sur sa poitrine. Il n'y avait plus que la forme massive de Yoav immobile devant elle.

Elle l'observait attentivement, à l'affût du moindre mouvement, prête à réagir et à profiter de la moindre faiblesse pour prendre un avantage décisif.

Subitement, sans qu'il ait laissé transparaître la moindre émotion, Yoav tenta un second balayage. Sydney sauta pour éviter le coup sans prendre le temps de réfléchir.

— Excellent, dit-il sans baisser la garde. Laisse tes

instincts prendre le dessus. Oublie ton esprit rationnel et fais confiance à tes réflexes.

Sydney se souvenait de son premier entraînement avec Yoav, après des semaines à taper dans des sacs de sable. Elle avait immédiatement essayé de l'impressionner, plus occupée à préparer son prochain mouvement qu'à être attentive à ce qui se passait sur le moment. « J'étais trop concentrée sur ce que j'allais faire. Yoav m'a appris à faire le vide dans ma tête. À rassembler mon énergie. »

Il avait fallu pas mal de temps avant de parvenir à faire taire la raison, qui généralement n'abandonne pas facilement ses prérogatives. Mais l'expérience s'était révélée efficace.

Les épaules de Yoav tressaillirent imperceptiblement et Sydney sut quel serait son prochain geste. Il bascula sur la droite et lança son pied pour l'atteindre au visage. En un éclair, Sydney esquiva l'attaque et balança son poing du côté exposé.

Yoav se dégagea.

— Bien ! s'exclama-t-il en reprenant position. Mais la prochaine fois, ne me fais pas de cadeau. Porte ton coup.

Il la défia du regard.

— Nous avons des médecins ici au cas où ça se passerait mal.

Sydney acquiesça brièvement sans pour autant se relâcher. Elle avait conscience de ne pas y aller à fond. En fait, même si son travail d'approche était parfait, quelque chose en elle la retenait dès qu'il s'agissait de frapper. Son esprit s'y refusait.

Yoav fit quelques pas sur le côté pour venir se placer sous la grande baie vitrée. Derrière lui, une silhouette attira le regard de Sydney. Elle leva les yeux. Le type de la dernière fois se tenait dans le couloir de l'autre côté de la vitre. Il la regardait en souriant légèrement.

« C'est lui. » La phrase explosa dans sa tête. Elle pensait à lui depuis des mois, attendant l'occasion de demander à Wilson ou à Yoav qui c'était. Mais elle avait eu peur de passer pour une gamine. Et voilà qu'il était là. À l'observer.

Sydney sentit son pouls s'accélérer puis subitement son univers bascula. En une fraction de seconde, son corps venait d'être projeté dans les airs. Elle atterrit avec un bruit sourd sur le tatami. Elle resta étendue un moment, reprenant son souffle à contempler les lampes au-dessus d'elle.

Le visage de Yoav apparut dans son champ de vision.

— Un moment de distraction à l'entraînement, c'est, au pire, quelques courbatures. Un moment de distraction au combat, c'est la mort.

Il lui tendit la main pour l'aider à se relever.

— Ne te laisse jamais distraire.

— Je suis désolée, répondit-elle en respirant profondément.

Elle jeta un bref coup d'œil du côté de la vitre.

Le mec était parti. Le couloir était vide.

Elle éprouva une amère déception.

— C'est tout pour aujourd'hui, poursuivit Yoav en lui lançant une serviette blanche pour s'essuyer. Wilson veut te voir immédiatement. Il t'attend dans son bureau. Pas le temps de prendre une douche.

— J'y vais, reprit-elle en s'épongeant la nuque et les épaules. Je suis vraiment désolée pour tout à l'heure. J'ai vu quelque chose bouger derrière la vitre et ça m'a perturbée.

Il vint presque se coller contre elle.

— Tu dois être attentive à tout ce qui se passe autour de toi. Mais ça ne doit pas te déconcentrer, Sydney. Il y a une grosse différence entre observer et se faire surprendre.

— C'est noté, acquiesça-t-elle. Je ferais mieux d'y aller, maintenant. À demain.

Sydney poussa la lourde porte de la salle avant de disparaître dans le couloir.

Elle venait à peine de tourner le coin pour se rendre chez Wilson quand elle aperçut le bel inconnu en compagnie de deux autres hommes plongés dans la lecture d'un dossier. Elle ralentit son allure. Son cœur battait à tout rompre.

Alors qu'elle dépassait le groupe, il leva les yeux et lui sourit. Sydney sentit ses jambes flageoler et le sang affluer à ses joues. Elle s'essuya le visage avec sa serviette, maudissant Wilson de ne pas lui avoir laissé le temps de se laver.

Le mec lui fit un petit geste de la tête qu'elle lui rendit accompagné d'un petit sourire qu'elle ne put réprimer. « Il est vraiment mignon. » Un bref instant, elle fut tentée de l'aborder pour faire elle-même les présentations. Mais le temps de se décider, il était déjà loin. Sans compter que son geste ne serait sûrement pas passé inaperçu.

Elle espérait simplement que l'arrière était plus présentable que l'avant – au cas où il serait en train de regarder.

*
* *

Elle avait retrouvé un rythme cardiaque normal en arrivant devant la porte de Wilson. Elle frappa trois coups et entra.

— Bonjour, Sydney, lança-t-il en relevant la tête d'une mosaïque de photos et de rapports étalée devant lui. Merci d'être venue si vite. J'ai une réunion très importante tout à l'heure et il faut que je presse le mouvement.

— Pas de problème, répondit-elle en s'installant derrière son petit bureau situé en face du sien.

Elle ne put s'empêcher de penser à son père. Lui aussi évoquait tout un tas de « réunions importantes ». Il en avait au moins une par semaine. La seule différence, c'est qu'il n'avait jamais songé à s'excuser. Pour lui le travail passait avant tout et peu importait ce qu'elle pouvait ressentir.

Sydney ouvrit le tiroir du bas dans lequel elle rangeait ses notes et ses manuels.

— Aujourd'hui, nous allons réviser quelques notions de sémiologie corporelle, annonça-t-il en se levant de sa chaise.

Il appuya sur un bouton du pavé numérique posé sur son bureau et un écran de projection descendit automatiquement du plafond.

— J'espère que vous avez relu vos cours.

— Oui monsieur, répondit Sydney. Mais je dois

vous avouer que je ne vois pas très bien en quoi l'analyse du comportement peut aider un agent lors d'une mission spéciale.

— C'est pourtant capital. Repérer un comportement qui sort de l'ordinaire est souvent l'indice d'une situation dangereuse. D'un autre côté, savoir s'adapter à la norme est une des conditions essentielles pour passer inaperçu lors de missions secrètes.

« Ça ne devrait pas m'être bien difficile », pensa-t-elle. Elle avait toujours été très douée pour jouer les passe-murailles. En règle générale, elle évitait tout contact avec les gens à moins d'y être obligée. Malheureusement, cette tendance à l'anonymat avait aussi le pouvoir de la rendre invisible à tous les Dean Carothers de la terre. C'était justement quand elle voulait qu'on la remarque qu'elle y réussissait le moins bien.

« Alors pourquoi le mec de tout à l'heure t'a-t-il souri ? Qu'est-ce qui lui a fait lever les yeux ? » se demanda-t-elle en esquissant un sourire.

— Le plus important, c'est de se fondre dans l'environnement du mieux que l'on peut, poursuivait Wilson, la tirant de sa rêverie. Habillez-vous comme tout le monde. Conduisez comme tout le monde. Évoluez et parlez comme tout le monde. Faites de votre mieux pour ne pas attirer l'attention. Maintenant.

Il appuya sur un autre bouton et la photo d'une rue bondée apparut sur l'écran.

— Il y a dans cette foule un terroriste. Où est-il ?

Sydney se pinça les lèvres.

— C'est l'homme avec la veste grise, répondit-elle.

— Bien, acquiesça Wilson. Qu'est-ce qui vous a conduite à cette conclusion ?

— D'après l'ensoleillement, le feuillage des arbres, la manière dont les gens sont vêtus, il semble faire assez chaud. Or, ce type porte une veste, sans doute pour dissimuler une arme quelconque.

— Excellent. Vous relevez d'autres indices ?

Sydney plissa les yeux.

— La manière dont il se tient, le haut du corps assez raide, sa main droite dissimulée aux regards, une bosse suspecte côté gauche.

— Exact. Il y a de bonnes et de mauvaises façons de cacher une arme sur soi. Mais je suis sûr que vous le savez. À propos, comment ça se passe à l'entraînement ? Pilar m'a dit que vous mettiez huit balles sur dix dans le noir.

Sydney ne put s'empêcher de sourire.

— Ouais. Mais j'ai encore du mal avec les cibles mouvantes…

Elle fut interrompue par la sonnerie du téléphone.

— Excusez-moi, dit Wilson en décrochant. Oui… Dites à Sloane que c'est moi qui ai les dossiers. Je lui envoie les résultats des écoutes ce matin… Oui, j'ai bien reçu le message. À cinq heures…

Sydney plongea le nez dans son bouquin pour ne pas avoir l'air d'écouter la conversation. Elle avait déjà entendu prononcer le nom de Sloane. Elle n'avait aucune idée de qui il pouvait s'agir, mais la manière dont les gens en parlaient entre eux la portait à croire qu'il s'agissait de quelqu'un de très important.

— Oui. Dites à Sloane que je pense qu'il sera

content… Qu'est-ce qu'il veut ? Quoi ? Je vois. Un moment, je vous prie. Sydney ?

Elle leva la tête.

— Je crois que j'en ai encore pour un moment, dit-il en plaquant le combiné contre son épaule. Ça vous dérange si je vous demande de patienter dans le couloir avec votre livre en attendant que j'aie fini ?

— Non. Non, pas du tout, répondit-elle en essayant de dissimuler sa surprise.

C'était la première fois que Wilson lui demandait de sortir pendant qu'il était au téléphone.

Elle attrapa son livre et sortit. Elle avait l'impression d'être une étudiante que le prof vient de mettre à la porte de son cours. Elle se sentait subitement exclue.

« Laisse tomber. Et contente-toi d'obéir », pensa-t-elle. Elle s'accroupit le long du mur et se remit à feuilleter son bouquin. Un titre attira son attention. « Langage du corps et expression de l'intimité ». Ils avaient sauté ce chapitre qui pourtant lui semblait un des plus intéressants du livre.

« Le fait de se toucher fréquemment est le signe d'un attachement sentimental ou de la volonté de créer un lien. Ces attouchements prennent un aspect direct bien que gentils et se concentrent sur certaines parties du corps, principalement sur le visage et sur les mains. »

« Eh bien », soupira Sydney en tournant la page. « Je me demande combien ils ont dépensé d'argent en recherches pour en arriver là. »

Elle s'absorba dans la contemplation d'une photo

qui montrait un garçon du style de Dean Carothers debout devant une fille qui semblait le draguer ouvertement. Elle se tenait tout contre lui, la tête légèrement penchée sur le côté, les mains lui enserrant le poignet comme si elle voulait lire l'heure à sa montre (en supposant qu'il en ait une).

Sydney fronça les sourcils. Elle n'avait jamais été capable de faire un tel numéro. En fait, elle avait toujours été étonnée par la capacité qu'avaient certaines filles à se montrer expertes avec les hommes. Elle referma le livre et regarda le mur en face d'elle en essayant d'imaginer comment elle pourrait appliquer la méthodologie du langage corporel à son inconnu.

— Salut, je m'appelle Sydney, dirait-elle en lui fonçant dessus pour lui attraper l'avant-bras. Tu as une minute ?

« Oublie », pensa-t-elle en secouant la tête pour se débarrasser de cette désagréable vision. « Je n'arriverais jamais à faire un truc comme ça sans me sentir complètement ridicule. »

La voix de Wilson la tira brusquement de ses pensées.

— Vous pouvez revenir, Sydney.

Elle bondit sur ses pieds et le suivit à l'intérieur.

— J'ai bien peur que notre leçon d'aujourd'hui ne soit des plus courtes, ajouta-t-il en se réinstallant à sa place. Je dois être au quartier général dans dix minutes.

« Dans dix minutes ? » Sydney sentit sa curiosité piquée au vif. Cela voulait dire que le quartier général n'était pas très loin. Il était peut-être situé dans un immeuble des environs… mais lequel ?

— Bien, répondit-elle en rangeant le livre dans le tiroir. On se revoit demain.

Elle s'était déjà levée pour regagner la porte.

— Attendez, intervint Wilson. J'ai quelque chose à vous donner avant de partir.

Il tira de sa poche une petite boîte rectangulaire.

— C'est un bip, expliqua-t-il en lui donnant. Nous devons toujours être en mesure de vous joindre.

— Merci.

« C'est top », pensa-t-elle. « C'est le signe qu'ils ont vraiment confiance en moi. » Une douce sensation de bien-être se répandit dans tout son corps.

— Vous devez le porter constamment sur vous, ajouta Wilson en se déridant légèrement. On ne sait jamais à l'avance quand on aura besoin de vous.

9

— Bingo !

Le sourire éblouissant de Francie rayonnait comme un phare dans le Lion's Den, un petit club de jazz enfumé pas loin du campus.

— Salut, je suis en retard ? demanda Sydney en se laissant tomber sur une chaise après s'être frayée un chemin vers la table.

Elle posa son sac et tira des petits coups secs sur le haut de sa robe bleu ardoise. Elle avait finalement réussi à prendre une douche juste avant de partir pour son rendez-vous avec Francie, mais, dans sa hâte, elle s'était à peine séchée et sa robe collait maintenant à sa peau mouillée.

— Non, j'étais en avance, grommela Francie. Tu ne peux pas t'imaginer la journée que j'ai passée. D'abord, je travaille sur deux chapitres pour mon contrôle de sociologie et je m'aperçois que ce ne sont pas les bons. Ensuite, je vais au boulot et je tombe sur un car entier de touristes qui déboulent dans le restaurant et qui veulent absolument savoir où habitent toutes les stars de cinéma. Ils s'en vont et j'enchaîne sur un mec en skate qui règle sa conso – je ne plaisante vraiment pas là – avec de l'argent tiré de son slip !

Sydney fronça le nez.

— *Beuurk* ! Et qu'est-ce que tu as fait ?

— Je lui ai dit que c'était ma tournée.

Francie leva les yeux au ciel.

— Du coup, j'ai dit à Terwilliger que j'avais la migraine et je suis partie tôt.

Elle poussa un grand verre de soda devant Sydney.

— Tiens, j'ai pris la liberté de te commander quelque chose.

— Merci.

Elle enleva son gilet gris perle et le suspendit sur le dossier de sa chaise.

Francie se cala dans son siège.

— Alors, enchaîna-t-elle gaiement, comment s'est passée *ta* journée ?

— C'était génial, confessa-t-elle avec un sourire. Regarde-moi ça.

Elle fouilla dans son sac et en tira le bip. Elle fit courir sa main sur sa surface lisse et brillante.

— Mon patron me l'a donné aujourd'hui. Il m'a dit que je devais toujours l'avoir sur moi.

— Fais voir.

Sydney lui tendit l'objet.

— Whaou, super ! Mais alors... est-ce que ça signifie que, comment dire, qu'ils te confient plus de responsabilités maintenant ? Un peu comme si tu allais bientôt bénéficier d'une promotion ?

Sydney haussa faiblement les épaules, mais son sourire s'élargit.

— Je crois.

— Attends une seconde, lança Francie en se renfrognant. Ça signifie aussi qu'ils peuvent t'appeler *n'importe quand* ? En cours, ici même ?

Sydney réfléchit un instant.

— Je ne sais pas. Peut-être. Mais je ne suis pas quelqu'un de si important que ça pour eux. Du moins pas encore.

Francie pencha la tête, la regardant attentivement.

— Tu sais quoi ? Je crois que ce boulot t'a fait beaucoup de bien. Tu as vraiment changé depuis que tu bosses là-bas. Tu as l'air plus, je ne sais pas, plus épanouie. Plus sûre de toi.

Sydney lissa les plis de sa robe. « Elle a raison », se dit-elle. Du jour où elle avait commencé à travailler pour la CIA, elle s'était sentie plus forte. Pas seulement parce qu'elle avait appris à se battre ou à se servir d'une arme. Mais parce que, pour la première fois de sa vie, elle avait un but. Un but noble, qui plus est.

— Tu avais des doutes au début, poursuivit Francie. Elle se pencha au-dessus de la table, ses yeux brillaient, reflétant la flamme de la bougie.

— Je suppose qu'il y a des boulots plus intéressants que la banque. Il n'empêche que beaucoup de gens travaillent là-dedans à travers le monde. Alors, si c'est ton truc, je n'ai qu'une chose à dire : « tous mes vœux de réussite » !

Francie lui rendit son bip. Sydney le garda un instant dans sa paume, absorbée dans ses pensées. C'est vrai qu'elle avait douté au début, mais elle était aujourd'hui absolument certaine d'être faite pour ce boulot à l'Agence. Ce n'était pas la première fois qu'elle excellait dans un domaine – les études, la course, l'art dramatique. Mais c'était la première fois que ça prenait cette importance pour elle. En plus, ça la changeait de son père qui ne s'était jamais intéressé à ses succès. Là aussi, le bouleversement était radical. Elle comptait pour quelqu'un d'autre. Chacun à l'Agence la trouvait sérieuse, compétente et fiable. Ils lui confiaient des secrets (pas tous probablement) et maintenant un bip pour pouvoir la joindre vingt-quatre heures sur vingt-quatre. Son travail acharné semblait avoir porté ses fruits.

— Tu vois ? C'est ça que je veux dire, s'exclama Francie en pointant son index dans sa direction.

— Pardon ?

— Tu souris ! Je te côtoie jour et nuit, sept jours sur sept depuis l'été dernier et je ne t'avais jamais vue sourire aussi souvent. Tu resplendis littéralement. C'est évident pour tout le monde. Pour les garçons surtout. Tu vois celui-là au bar ? Celui avec le blouson de cuir. Il passe son temps à t'examiner sous toutes les coutures.

Sydney jeta un coup d'œil discret vers le bar, sans rien apercevoir d'autre que le sommet de son crâne et un morceau du blouson. Elle se retourna vers Francie en fronçant les sourcils.

— C'est probablement toi qu'il regarde.

— Non, non, affirma Francie en secouant la tête. Crois-moi, je le saurais si c'était le cas. Depuis que c'est fini avec Baxter, j'ouvre grand les yeux pour lui trouver un remplaçant valable. J'ai maté tous les mecs dans cette salle. Rien.

— Je n'ai toujours pas compris pourquoi tu as plaqué Baxter, dit Sydney en remuant sa paille dans son verre.

Francie grimaça.

— Parce que ! Il ne pensait qu'aux câlins. C'est tout ce qui l'intéressait. Je ne sais pas pour toi, mais pour moi, dans une relation, il y a autre chose que l'aspect purement physique.

Elle se redressa subitement sur sa chaise en regardant fixement derrière Sydney en direction de la porte.

— Oh, mon Dieu ! Un apollon de première vient de faire son entrée. C'est le sosie d'Antonio Banderas !

Sydney esquissa le geste de se retourner.

— Non ! Ne regarde pas ! souffla Francie. Je préfère la jouer en douceur.

— Mais si tu le trouves si mignon, pourquoi tu n'essaies pas de capter son regard ? demanda Sydney en riant.

Francie resta pensive un instant.

— C'est donnant, donnant. Je le fais si tu le fais, répliqua-t-elle avec un sourire espiègle. Le type au bar est du genre beau gosse. *Tu* pourrais peut-être essayer avec lui.

— Attends, Fran, reprit Sydney en hochant la tête. Tu sais bien que je ne veux pas…

— Je te demande simplement de le regarder. Juste pour savoir si c'est ton genre. C'est tout.

Sydney se recula sur sa chaise et laissa négligemment son regard se porter en direction du bar. Le garçon était accoudé au comptoir. Il avait l'air pas mal du tout. Grand, de longs cheveux bruns ondulés. Peut-être un bouc. Elle n'en était pas certaine, son visage était en partie caché par le col de sa veste.

Elle sentit subitement un énorme poids lui peser sur l'estomac. Quelque chose ne tournait pas rond. Il faisait chaud. Étouffant. On suffoquait. Le club était rempli de clients en nage, envahi par la fumée de cigarette. Alors pourquoi ce mec gardait-il son lourd blouson de cuir ? Elle le regarda à nouveau. C'était évident ! Son bras gauche pendait de façon peu naturelle le long de son corps. Au lieu d'être posé sur le comptoir, il était plaqué contre la veste comme pour l'empêcher de s'ouvrir.

Juste à ce moment, le type pivota dans sa direction. Il semblait contempler la collection de photos dédicacées accrochées au mur quand soudain ses yeux se rivèrent aux siens. Elle soutint son regard, mais il détourna rapidement le sien. Elle avait eu le temps de voir ses traits.

Elle avait déjà vu ce mec – elle en était certaine. Hier après-midi quand elle avait déjeuné avec Francie sur le campus, il était assis à la table voisine avec des lunettes de soleil et une casquette de base-ball. Il la suivait. Mais pourquoi ? Et pour le compte de qui ? Wilson n'enverrait quand même pas quelqu'un l'espionner. À moins que.

— Alors qu'est-ce que tu en dis ? chuchota Francie après que l'homme se fut retourné. Ne mens pas, Syd. Je sais qu'il t'intéresse. Il est drôlement mignon, tu ne trouves pas ?

— Si. Il est attirant.

— Tu pourrais peut-être prendre le taureau par les cornes et aller te présenter, glissa Francie dans un souffle. Oh, mon Dieu, Antonio bis vient de s'asseoir à une table juste derrière toi. Il faut que j'aille me repoudrer le nez. Tu surveilles mon verre ?

— Ne t'inquiète pas, répondit Sydney d'un air absent tandis que Francie se levait pour se rendre aux toilettes. Pas de problème.

Son esprit tournoyait et filait à toute vitesse comme sur des montagnes russes. Les pensées et les émotions tourbillonnaient sans qu'elle puisse en saisir une seule au vol.

Ça n'avait aucun sens. Pourquoi quelqu'un la ferait-il suivre ?

« Il n'y a qu'un moyen d'en avoir le cœur net », trancha-t-elle. « Allons refaire le plein. » Elle saisit le verre de soda à moitié vide de Francie et s'éloigna vers le bar, un sourire innocent aux lèvres dans le cas où Francie serait revenue inopinément.

Le type rentra la tête dans les épaules et se voûta légèrement en la voyant approcher.

— Salut, je m'appelle Sydney, dit-elle gaiement en s'installant à côté de lui.

Il lui répondit par un petit signe du menton et regarda dans une autre direction.

Sydney se colla à lui et lui attrapa le poignet comme la fille dans le manuel de sémiologie corporelle.

— Pourquoi tu me suis ? murmura-t-elle à travers son sourire.

— Je ne sais pas de quoi tu parles, répliqua-t-il avec brusquerie.

— Tu devrais faire plus attention. On s'est croisés hier sur le campus et aujourd'hui je te retrouve dans le même bar que moi avec une arme sous le blouson, chuchota-t-elle, le sourire toujours figé aux lèvres tout en enroulant une boucle de ses cheveux autour de son index. Maintenant, tu vas me dire ce qui se passe à moins que tu ne préfères que je fasse une scène ou que j'appelle le videur ?

Il la regarda droit dans les yeux avec un air narquois.

— *Tu* devrais faire plus attention, souffla-t-il. Ils n'apprécient pas trop quand l'un des nôtres commence à prendre la grosse tête.

Il but une dernière gorgée, se leva et sortit tranquillement du club.

Ils ? L'un des nôtres ? C'était donc vrai. L'Agence la faisait filer ! Mais pourquoi ? Et pourquoi lui donner un bip, la couvrir de compliments s'ils n'avaient pas confiance en elle ? Son orgueil venait d'en prendre un sacré coup.

Elle avait déjà rejoint leur table quand Francie revint des toilettes. Elle regarda Sydney, jeta un œil en direction du bar et fronça les sourcils.

— Tu lui as parlé ? demanda-t-elle en se rasseyant.

— Ouais.

— Alors ? Ça s'est passé comment ?

— Il était... déjà pris, répondit Sydney en essayant de paraître sincèrement déçue.

C'était parfaitement clair. Ces types n'avaient absolument aucune confiance en elle pour la faire suivre comme ça après huit mois de bons et loyaux services.

— Pas libre.

— Quoi ? s'exclama Francie. Il avait déjà une petite amie et il te matait comme un malade ! Quel naze !

— À qui le dis-tu, acquiesça Sydney sur un ton hésitant entre l'indignation et le dégoût.

Elle prit son bip, le regarda longuement puis le jeta sans ménagement dans son sac.

— Ça démontre en tout cas qu'il faut bien réfléchir avant d'accorder sa confiance à n'importe qui.

***

Sydney claqua la porte du bureau de Wilson avec une telle force que les cadres accrochés aux murs faillirent se retrouver par terre. Elle était dans tous ses états.

— C'est vous qui l'avez envoyé, n'est-ce pas ? rugit-elle d'emblée.

Wilson leva les yeux, l'air à peine plus surpris que si elle était arrivée un quart d'heure en avance à leur rendez-vous.

— Bonjour, Sydney, se contenta-t-il de répondre avec flegme.

— *Pourquoi ?* poursuivit-elle en s'avançant vers lui. Pourquoi est-ce que vous me faites suivre ?

Aucune réaction.

— Et pourquoi ne pas vous asseoir ? dit-il en désignant le petit bureau de Sydney.

Elle préféra l'ignorer.

— Je ne comprends pas, reprit-elle en se radoucissant légèrement. Je me crève au travail depuis huit mois et vous, les gars, vous n'avez toujours pas confiance en moi ? Pourquoi me donner ce bip ou me faire croire que je suis truffée de qualités si c'est pour ensuite m'envoyer le plus minable des – elle dessina dans l'air des guillemets imaginaires – « agents secrets » m'espionner ?

— Sydney, je...

— Bon, d'accord. Alors dans ce cas, vous craignez peut-être d'avoir fait une erreur avec moi, poursuivit-elle les mains sur les hanches. À moins que vos supérieurs ne soient mécontents de la manière dont je m'en sors. Pourquoi ne pas m'en parler, tout simplement ?

— Sydney ! aboya Wilson en se levant de sa chaise.

Elle cligna des yeux, la bouche toujours ouverte.

— Asseyez-vous.

Sydney se traîna d'un air boudeur jusqu'à sa chaise et s'y laissa tomber.

— Nous *sommes* ravis de la façon dont vous vous en tirez, Sydney, poursuivit-il en se rasseyant. En fait, nous n'avons jamais eu quelqu'un d'aussi doué que vous.

— C'est vrai ?

Elle ne s'attendait pas à ça. Elle était arrivée prête à en découdre et elle se retrouvait à nouveau noyée sous les compliments. Elle plissa les yeux et l'étudia attentivement, cherchant à dénicher le piège.

— Regardez, embraya Wilson en fouillant dans un tiroir pour en tirer un épais dossier noir. Les résultats de vos tests battent tous les records. Armes, aptitude au combat, langues, analyse des situations – vous apprenez à une vitesse phénoménale. Vous êtes imbattable dans pratiquement tous les domaines. Même vos bilans de santé sont parfaits. Ne vous voilez plus la face, Sydney, vous êtes la recrue idéale.

— Moi ? répondit-elle en se tassant sur sa chaise.

La colère s'était évanouie. Elle se sentait maintenant vaguement honteuse. Timide. Les paroles de Wilson, qui la touchaient profondément, la mettaient aussi mal à l'aise. Elle n'était pas habituée à recevoir des compliments. Surtout de la part d'un homme qui n'était pas sans lui rappeler son père. Elle ne savait pas comment réagir.

Une pensée la fit soudain se redresser.

— L'homme qui me suivait. Vous ne m'avez toujours pas dit pourquoi, ajouta-t-elle d'une voix qui trahissait la nervosité.

Compliments ou pas, elle n'allait pas se laisser détourner de son objectif initial.

— C'est la procédure habituelle avec les nouvelles recrues, Sydney – la seule différence, c'est qu'ils sont rarement démasqués.

Wilson s'arrêta un instant.

— Étant donné la nature de notre travail, nous nous devons de prendre les plus grandes précautions en matière de sécurité. J'espère que vous saurez l'apprécier. C'est autant pour votre bien que pour le nôtre.

— Pardon, bredouilla Sydney. Alors… c'est dans le cadre de ma formation ?

Wilson secoua la tête.

— Vous serez toujours surveillée à un degré ou à un autre. N'oubliez jamais ça.

Sydney poussa un profond soupir. Elle rendait les armes.

— Écoutez, je suis désolée. Quand j'ai vu ce type, j'ai seulement pensé que... enfin, je suppose que j'ai cru...

Wilson leva la main.

— C'est bon. Je comprends très bien. Mais à l'avenir, même si vous repérez quelqu'un qui vous suit, restez à distance. Vous risquez de vous mettre en danger et l'Agence avec vous.

— D'accord. Désolée, répéta-t-elle en baissant les yeux.

Elle entendit le fauteuil de Wilson craquer alors qu'il se rejetait en arrière.

— Vous savez, reprit-il avec un soupçon d'amusement dans la voix, c'est peut-être votre unique point faible.

Sydney releva la tête.

— Quel point faible ?

— Votre tempérament, répondit-il en la fixant dans les yeux. Vous devez apprendre à maîtriser vos émotions. Ça pourrait vous créer des ennuis au cours de vos missions.

Elle fronça les sourcils, se demandant ce qu'il voulait dire mais avant qu'elle ait pu articuler le moindre mot, Wilson s'était à nouveau penché vers elle.

— Cela étant, je tiens à ce que vous sachiez que nous sommes très contents de vous au quartier général.

Il fouilla dans un autre tiroir et en tira une grande enveloppe kraft.

— Vous avez travaillé très dur, Sydney. Et nous

voulons vous offrir une petite compensation. J'étais sur le point de vous biper quand vous avez déboulé dans mon bureau… Mais puisque vous êtes là…

Une bouffée de chaleur l'envahit lorsque Wilson brandit l'enveloppe en souriant maladroitement. C'était la première fois qu'elle le voyait légèrement déstabilisé. Et en plus, il lui faisait un cadeau. C'était encore mieux que le bip.

— Merci, souffla-t-elle en prenant le paquet.

C'était extrêmement léger. Elle ouvrit délicatement l'enveloppe puis en retira un petit rectangle de papier.

— Un billet pour Raul Sandoval ? Pour le concert de ce soir ?

Wilson hocha la tête, l'air radieux.

— Vous serez au premier rang. Nous nous sommes souvenus que vous aviez déclaré aimer sa musique, alors nous avons pensé que ça vous ferait plaisir.

Quel souci du détail !

— Mais… mais le spectacle est complet depuis des semaines ! Comment avez-vous…

— Disons simplement que nous avons nos relations, répliqua-t-il avec un clin d'œil appuyé.

— Merci infiniment. Je… Je ne sais pas quoi dire.

Elle se levait déjà quand Wilson se racla la gorge.

— Sydney ? dit-il en baissant légèrement la tête. J'aurais un petit service à vous demander avant de partir.

— Quoi ?

— Vous êtes peut-être au courant que j'ai une fille, poursuivit-il avec un sourire attendri. Elle s'appelle Claire. Elle a onze ans.

Sydney lui retourna son sourire, surprise de découvrir une nouvelle facette plus humaine de son patron.

— Non, je l'ignorais.

Elle était heureuse de le voir se confier à elle.

— C'est aussi une grande fan de Raul Sandoval, enchaîna-t-il, mais j'estime qu'elle est beaucoup trop jeune pour assister à un concert.

— C'est vrai, vous avez raison, approuva Sydney.

— Aussi, je me demandais... Est-ce que ça vous ennuierait de prendre quelques photos du spectacle ? L'anniversaire de Claire est pour bientôt, fin mai. Ce serait pour elle un merveilleux cadeau.

Sydney hocha la tête.

— Je crois que les appareils photos sont interdits à l'intérieur de la salle.

— Je sais, mais j'ai pensé à une petite astuce.

Il plongea la main dans la poche de son blazer bleu nuit et en tira un large bracelet en argent qu'il lui tendit.

— Est-ce que ça vous ennuierait de porter ça ?

— Heu... pourquoi pas ?

Elle attrapa le bracelet pour le regarder dans la lumière.

— C'est un de ces précieux gadgets des services secrets ?

— En réalité, il s'agit d'un appareil photo, répondit Wilson. Je l'ai emprunté à nos services. Vous voyez la pierre noire, plus grande que les autres ? C'est l'objectif. Orientez là vers ce que vous voulez photographier puis appuyez sur la petite pierre rouge sur le côté.

— Et la verte ?

— Elle ne sert à rien. C'est simplement pour faire beau.

— Oh.

Elle releva la manche de sa chemise et entreprit de le mettre à son poignet. Le métal était dur et froid contre sa peau.

— Évitez de le porter ici, intervint Wilson légèrement nerveux. Il est toujours délicat de mélanger travail et vie privée.

Puis baissant la voix :

— Ça pourrait me créer de gros ennuis.

— Je ne dirai rien à personne, le rassura-t-elle.

Sydney rangeait déjà le bracelet dans son sac quand Wilson lui effleura l'épaule.

— Écoutez, reprit-il presque en s'excusant. Si ce petit service vous pose un problème, sachez que vous n'êtes pas obligée de me le rendre.

Elle lui sourit.

— Vous plaisantez ? Ça me fait plaisir. Moi aussi, j'ai eu onze ans et j'ai été une fan. Et puis, je suis heureuse de vous être agréable.

Wilson n'était plus un dur à cuire de la CIA mais un papa affectueux. Elle ressentit un pincement au cœur. Si seulement son père pouvait se conduire comme ça avec elle de temps à autre.

Mais il ne le ferait jamais. Son père ne changerait plus, elle devait se faire une raison. Quant à Wilson, même s'il lui demandait d'enfreindre la règle, elle ferait de son mieux pour que Claire ait ses photos.

— Merci, Sydney.

— Il faut que j'y aille maintenant, dit-elle en se dirigeant vers la porte.

— Attendez. Nous n'avons pas encore fini. Reste le plus important.

Sydney revint sur ses pas.

— Je dois vous conduire au quartier général. Sloane souhaite vous rencontrer.

*
* *

Sydney avait l'impression que ses pieds ne touchaient plus terre en suivant Wilson dans les couloirs du Crédit Dauphine.

Elle ne savait pas qui était Sloane. Elle ne savait pas *où* il se trouvait. Elle ne savait pas *pourquoi* il voulait la voir, *ce qu*'il ferait quand il la verrait ni même *par quel moyen* elle allait se rendre auprès de lui. La seule chose qu'elle savait, c'était que c'était maintenant. Ce matin… Si seulement elle avait eu un peu de temps pour se préparer. Elle n'aurait peut-être pas un tel trac.

Wilson resta silencieux jusqu'à l'ascenseur dont les portes étaient grandes ouvertes quand ils arrivèrent. Sydney lissa discrètement le devant de son pantalon et se recoiffa sommairement avant de suivre Wilson à l'intérieur.

Les portes se refermèrent. Wilson ouvrit d'une pression du doigt une petite boîte placée sous le tableau de commande. Il y introduisit une clé métallique et la fit pivoter de trois quarts de tour dans le sens des aiguilles d'une montre. Sydney sentit une légère secousse et l'ascenseur commença à descendre.

Elle pensait que la cabine s'immobiliserait à l'un des étages occupés par les parkings. Mais l'ascenseur continua à descendre au-delà. Sydney se tenait raide comme un piquet, essayant de maîtriser le trac qui la tenaillait toujours. D'après ses calculs, ils devaient maintenant être au moins cinq étages sous terre. Où diable Wilson garait-il sa voiture ? Dans la Bat Cave ?

L'ascenseur s'arrêta enfin et les portes coulissèrent. Ils pénétrèrent dans une petite pièce carrée parfaitement nue. Elle se demanda s'il s'agissait d'un autre ascenseur mais le plancher lui parut stable sous ses pieds. Elle commençait à peine à s'accoutumer à la violente lumière qui tombait du plafond quand un intense faisceau rouge illumina la pièce. Elle cligna des yeux. Le rayon s'attarda sur elle et Wilson avant de s'évanouir aussi vite qu'il était apparu.

Qu'est que c'est que ce truc ? se demanda-t-elle. *Un scanner ?* Elle pensa un moment poser la question à Wilson, mais il paraissait si absorbé qu'elle renonça.

Le mur qui leur faisait face s'ouvrit presque aussitôt après, révélant une vaste étendue de bureaux.

— Nous voilà au quartier général, précisa Wilson en la précédant. Six niveaux sous la banque. Seul le personnel habilité « très haute sécurité » a accès à cette zone. Vous en faites maintenant partie.

Sydney prit acte d'un mouvement de tête. « J'y suis. » Une immense fierté la submergea. Son visage s'illumina d'un large sourire.

Ils pénétrèrent dans la salle. C'était un labyrinthe de cloisons de verre et de piliers de pierre sur lesquels couraient une multitude de fils électriques et de câbles.

Des hommes et des femmes de tous âges et d'horizons différents allaient et venaient l'air affairé. Beaucoup saluèrent Wilson d'un signe de tête, certains s'arrêtèrent pour lui glisser quelques mots à l'oreille. Aucun ne regarda Sydney. Elle s'étonnait de leur apparence banale. Costume cravate, tailleur sombre. Dans la rue, elle les aurait pris pour des employés de banque ou des commerciaux. Pourtant, ils exerçaient un autre métier. Il s'agissait d'espions, d'agents de la CIA. Elle le savait, mais son cerveau refusait encore d'y croire. Derrière ces hommes et ces femmes ordinaires se cachaient des gens qui avaient voué leur vie à mettre un terme à la terreur qui sévissait dans le monde. Et *elle* était l'une d'entre eux !

Sydney s'efforçait de rester à la hauteur de Wilson ce qui, étant donné le nombre de personnes qu'ils croisaient et la carrure du bonhomme, n'était pas toujours évident. Elle finit par se cogner dans un grand noir à l'allure très digne.

— Pardon, s'excusa-t-elle.

— Ce n'est rien, répondit-il, la gratifiant d'un chaleureux sourire. Je ne regardais pas devant moi.

Il s'éloigna rapidement et Sydney rattrapa Wilson au moment où il s'arrêtait devant une porte anonyme.

— C'est ici, souffla-t-il en haussant les sourcils.

Elle lui sourit en inclinant la tête de côté. Wilson frappa deux petits coups. « Entrez », répondit une voix étouffée.

Wilson fit signe à Sydney de le suivre. Elle redressa le buste, prit une profonde inspiration et franchit le seuil.

L'homme qui souhaitait la rencontrer se tenait debout au milieu de la pièce. Il avait les cheveux châtains coupés courts et portait une petite barbe grisonnante.

— C'est donc vous Sydney Bristow, dit-il en affichant un sourire de circonstance.

— Oui, monsieur.

Elle lui donnait la cinquantaine.

— Je m'appelle Arvin Sloane. Bienvenue au SD-6.

— Merci monsieur, répliqua-t-elle en lui serrant la main. Puis jetant un rapide coup d'œil en direction de Wilson. « C'est quoi le SD-6 ? »

Wilson referma la porte et l'invita à s'asseoir devant le grand bureau en bois tandis que Sloane s'installait en face d'eux dans un large fauteuil en cuir.

— Il y a deux ou trois choses que vous devez savoir avant d'intégrer le service action, reprit Wilson, le visage impassible. SD-6 est notre nom de code. Nous sommes une division opérationnelle secrète de la CIA.

Sydney fronça les sourcils.

— Une division secrète ? répéta-t-elle.

— Notre unité, poursuivit Sloane en se penchant vers elle, est top secret, même au sein de l'Agence. Il n'y a que quelques personnalités haut placées du gouvernement qui connaissent notre existence.

— Je ne comprends pas, dit-elle en secouant la tête. Pourquoi être un secret pour son propre pays ?

— Moins il y a de gens qui savent qui nous sommes et mieux nous travaillons.

Il fit une courte pause, puis désignant la fenêtre de son bureau derrière laquelle régnait une intense activité :

— Ces gens que vous voyez là forment une élite

dont le but essentiel est de traquer et de réduire à néant tout ce qui menace la sécurité nationale. Même si ça va à l'encontre de certaines dispositions gouvernementales. Nous risquons nos vies quand d'autres ne mettent en balance que leurs images.

— Je vois, acquiesça-t-elle sans être bien certaine d'avoir tout saisi.

Elle appartenait nous seulement à un service secret, mais au sein de l'Agence à une division elle-même secrète. Enfin, un truc comme ça.

— Ce sera plus clair dès que vous aurez gravi quelques échelons, poursuivit-il comme s'il ressentait son trouble. Ce qui, dois-je ajouter, ne devrait pas trop tarder. J'ai beaucoup entendu parler de vous, Mlle Bristow. Nous sommes ravis de vous voir progresser si rapidement.

— Merci, monsieur.

Une douce chaleur l'envahit. Elle se sentait particulièrement fière. Elle tourna la tête vers Wilson et lui sourit. Il hocha la tête en signe d'encouragement.

— Je suis très honorée, monsieur, de participer à une entreprise comme celle-ci.

Sloane la regarda fixement, comme s'il observait un intéressant spécimen de laboratoire. Puis, alors que Sydney commençait à se sentir gênée, son visage se détendit subitement.

— Bien, lâcha-t-il en se levant pour marquer la fin de l'entretien. Vous serez bientôt prête pour opérer sur le terrain. Je voulais vous rencontrer pour mieux vous connaître.

— Oui, monsieur, répondit-elle. Merci infiniment.

Wilson et elle se levèrent à leur tour.

— Merci à vous d'être venue, Mlle Bristow Je suis certain que nous aurons dans un avenir très proche l'occasion de nous revoir, répliqua Sloane en lui serrant rapidement la main. Oh, pendant que j'y pense, Mlle Bristow. Amusez-vous bien au concert.

10

Sydney se regardait dans le grand miroir que Francie avait fixé sur la porte de son armoire. La transformation était saisissante. On aurait presque dit une autre personne.

Elle découvrait le reflet d'une grande et belle jeune femme portant des pantalons et une veste de cuir noir, les cheveux dressés en pointes au sommet du crâne, les yeux soulignés au khôl et la bouche peinte en rouge sang. À son oreille droite pendait un clip d'au moins cinq centimètres. Son poignet gauche s'ornait d'un large bracelet en argent.

Elle avait décidé de s'habiller en rockeuse, réalisant que rien dans sa garde-robe traditionnelle n'allait avec le bracelet que Wilson lui avait donné. Elle redoutait plus que tout de se faire remarquer et d'attirer l'attention sur elle. Il avait fallu se composer un look en conséquence.

Elle leva les bras en l'air en se déhanchant dans la plus pure attitude de la fan survoltée.

— Ouais, s'exclama-t-elle. Ça va saigner, Sydney !

En tout cas, ça promettait d'être marrant. Elle n'avait

pas remis cet accoutrement depuis Halloween, quand elle et Francie s'étaient déguisées en Hell's Angels d'opérette. Elle éclata de rire. Elle revoyait Francie en petit blouson, marchant difficilement dans une étroite minijupe en skaï, perchée sur des bottines à talons démesurés.

Enfant, Sydney avait toujours aimé se déguiser. En princesse de conte de fées. En chat noir. En pirate à bandeau. Ça lui donnait de l'assurance. Elle se faisait des petits numéros, se lançait des défis et accomplissait des choses que la bonne vieille Sydney toute simple n'aurait jamais osé faire.

Son goût pour la mise en scène et son sens inné des langues lui avaient rapidement ouvert d'autres horizons. Avec ses copines de lycée, elles se faisaient souvent passer pour de riches touristes anglaises dans les boutiques de mode du centre-ville. Les vendeuses se mettaient en quatre pour les satisfaire. Les pauvres, si elles avaient su. Elles n'auraient probablement pas gaspillé toute cette salive.

Sydney soupira. Elle aurait aimé rester en contact avec ses anciennes copines, mais il était déjà tellement difficile de se faire accepter par les nouvelles...

Elle regrettait que Francie ne puisse pas l'accompagner ce soir. Elle était une fan inconditionnelle de Raul Sandoval. En réalité, c'était elle qui avait converti Sydney à cette musique. Mais Wilson ne lui avait donné qu'une place et elle n'avait pas osé lui en soutirer une seconde. Sans compter qu'elle aurait dû expliquer à Francie le mystère du bracelet en argent et la façon dont elle s'était débrouillée pour obtenir des entrées à un spectacle complet depuis des mois.

Tout à coup, Sydney entendit la clé jouer dans la serrure de la porte d'entrée. Paniquée, elle chercha instinctivement des yeux un endroit où se cacher. Trop tard, Francie, dans son uniforme de serveuse, l'air renfrogné, pénétrait déjà dans la pièce. Elle resta interdite au bord de son lit en découvrant Sydney.

— Hum... Bonjour. Qui êtes-vous et qu'avez-vous fait de la fille qui partage cette chambre avec moi ?

— Oh, Francie, répliqua Sydney qui ne s'attendait pas à la voir débouler. Je... Enfin, je croyais que tu bossais ce soir.

— Je devais. Mais Terwilliger a été magnanime. Il nous a laissés partir plus tôt parce qu'il n'y avait personne. Tout le monde va au concert de Raul Sandoval. Bande de salauds.

Elle posa son sac sur son lit tout en continuant à regarder Sydney avec de grands yeux.

— Il faut se faire une raison. Mais toi, pourquoi es-tu habillée comme ça ?

Sydney sentit son esprit vaciller.

— Je vais à... une soirée déguisée, bredouilla-t-elle.

— Non ? s'exclama Francie en levant les yeux au ciel. C'est super ! Je peux venir ?

— Je ne sais pas. En fait...

Elle s'arrêta, étouffant subitement dans son ensemble de cuir.

— J'ai rendez-vous avec un garçon.

— Raconte ! s'impatienta Francie en souriant jusqu'aux oreilles. Tu sors avec quelqu'un ! Et tu ne m'as rien dit !

— Non ! Non ! répliqua Sydney en agitant la main. Je ne sors pas avec lui. Je l'accompagne… Tu comprends ? Mais je préfère y aller seule. Des fois que ça arriverait.

Francie la regarda dans les yeux.

— J'ai compris.

— Vraiment ? demanda Sydney, se sentant légèrement coupable. Tu ne m'en veux pas ?

— Bien sûr que non.

Francie s'assit sur son lit et commença à délacer ses chaussures.

— J'ai prévu autre chose. D'abord, prendre un bain puis m'installer devant la télé. Il y a « L'impossible monsieur Bébé » sur TNT, ce soir. Tu sais que je suis une fondue de Cary Grant.

— D'accord, reprit Sydney en poussant un soupir de soulagement. L'affaire était entendue. « Amuse-toi bien. »

Elle prit les clés de sa voiture dans le tiroir de la commode avant de se diriger vers la porte.

— Salut.

— Oh, attends une minute ! s'écria Francie. Tu veux que je te prête mon fouet ?

Sydney éclata de rire.

— Non, merci. Je ne pense pas en avoir besoin.

— Comme tu voudras. Peut-être pour la prochaine fois alors, lança Francie tandis que Sydney disparaissait dans le couloir.

*
* *

Les abords du Las Cruces Arena étaient noirs de monde. Elle se fondit dans la foule qui se dirigeait vers l'entrée, remarquant au passage que la plupart des fans étaient eux aussi bardés de cuir.

Elle avait eu raison de se changer. C'était pas mal au fond, d'aller seule au concert. Elle se sentait pleine de jus, gonflée à bloc, franchissant à longues enjambées les derniers mètres qui la séparaient de la salle.

Sydney montra son billet au type devant le tourniquet.

— Waou. Premier rang, s'exclama-t-il en relevant ses lunettes. C'est bon. Prenez l'escalator jusqu'au sous-sol. Là, quelqu'un vous conduira à votre place.

— Merci, répondit-elle en reprenant son ticket avant de traverser le hall.

Sydney avançait avec une insolence et une morgue incroyables. Les gens se retournaient sur elle. Les filles la détaillaient de pied en cap alors que les garçons se perdaient dans la contemplation de la fermeture Éclair de sa veste, n'osant affronter son regard. Elle marchait la tête haute, sans paraître rien voir mais savourant intérieurement le plaisir d'être l'objet de l'attention générale.

Du plafond, pendaient de gigantesques photos de Raul Sandoval avec ses boucles brunes, ses yeux de braise et son sourire enjôleur. Ce type était incontestablement sexy. Un poil trop ténébreux et égocentrique pour être son genre, elle comprenait néanmoins que Francie et Claire Wilson puissent en être dingues.

Un gamin boutonneux la conduisit à sa place. Sydney était aux anges. C'était fantastique. Elle était juste devant la scène, pour l'instant barrée d'un grand rideau rouge qu'encadrait de chaque côté une montagne d'enceintes. Deux armoires à glace surveillait l'assistance.

— Ra-ul ! Ra-ul ! Ra-ul ! scandait la foule.

Puis le spectacle commença. Les lumières s'éteignirent. Les rideaux s'ouvrirent. Les haut-parleurs vomirent un riff de guitare.

Sur le plateau, une poursuite éclairait le centre de la scène. Il était là, grande silhouette en T-shirt blanc déchiré et pantalon de cuir marron devant son micro, grattant sa légendaire Les Paul. Raul Sandoval.

Puis il leva les bras en l'air dans un geste de prophète et la foule se déchaîna. « Hello, Los Angeles ! », brailla-t-il. Il hocha la tête en direction de ses musiciens qui entamèrent aussitôt le premier morceau.

Sydney n'avait pas assisté à beaucoup de concerts dans sa vie. Le son lui paraissait extraordinairement fort. Les murs vibraient et la basse semblait résonner dans sa cage thoracique. C'était fascinant. Sydney ferma les yeux et se laissa porter par la musique. De temps à autre, elle s'arrêtait de danser pour prendre quelques clichés.

Il y avait des tas de photos à faire. Sandoval arpentant la scène dans un déluge de lumières psychédéliques. Des danseurs en costumes exotiques sortant de terre par des trappes. Sandoval crachait sa révolte dans le micro, malmenant sa guitare comme s'il avait un compte à régler avec elle.

Après quarante minutes de spectacle, la musique baissa soudainement d'intensité pour devenir un grondement lointain. Sandoval s'avança au bord de la scène juste au-dessus de Sydney. Tous les projecteurs s'éteignirent à l'exception d'une poursuite braquée sur le chanteur. Il paraissait à bout de souffle, le visage dégoulinant de sueur. Des filles criaient dans la salle. Il resta un instant à regarder son public puis ses yeux se posèrent sur Sydney. Il sourit. Elle frissonna. Puis la musique repartit doucement. Il chantait en espagnol.

C'était une ballade romantique. Sydney se traduisait mentalement les paroles sans le quitter du regard. Il avait les yeux clos, sa main gauche évoluant langoureusement au rythme de la mélodie.

Tu as mis mon cœur en cage.
Tes yeux, tes lèvres, ton rire, tes caresses sont
Les murs de ma prison.
Je ne peux pas m'en échapper, et même
Je ne le veux pas.
Je vis sous ton emprise.
J'aime sous ton emprise.
Je meurs sous ton emprise.

Tout autour d'elle, les couples dansaient tendrement enlacés. Sydney éprouva un léger pincement au cœur. Pour la première fois de la soirée, elle se sentait seule. Elle se surprit à penser à son bel agent anonyme.

Comme ce devait être bon de se tenir serrée contre lui, blottie dans ses bras puissants.

« Laisse tomber, ma grande. Ça n'arrivera jamais. Oublie ce mec et essaie de t'amuser. »

Sandoval continuait à chanter de sa voix de velours. Sydney fit tourner son bracelet, pointa la pierre du milieu dans sa direction et pressa la rouge. *Clic.*

« Ça y est. » Claire garderait celle-ci sous son oreiller. Pour sûr.

Une dernière note tenue quelques secondes et ensuite le silence. La chanson était finie, les lumières se rallumèrent. Sydney applaudit à tout rompre. Le public était en délire. Certains jetaient des vêtements sur la scène. Sandoval ramassa une écharpe bleue, s'essuya le visage puis leva les bras et l'agita en direction de la foule. Les femmes se mirent à hurler comme des folles. Sydney fut durement projetée contre le plateau par deux filles qui se tenaient dans son dos.

— À moi ! À moi ! hurlaient-elles.

Sandoval s'agenouilla devant Sydney. Il la regarda droit dans les yeux en esquissant son plus beau sourire. Il lui tendit l'écharpe bleue.

Sydney resta un moment interdite, le souffle coupé. Finalement, elle leva la main pour saisir le morceau de tissu trempé de sueur.

— Merci, bredouilla-t-elle en rougissant jusqu'aux oreilles. Sandoval était sans doute le plus grand cabot qu'elle ait jamais rencontré mais il était drôlement mignon.

Les musiciens se remirent à jouer. Sandoval adressa à Sydney un dernier regard puis revint parader au centre de la scène. Autour de Sydney, les nanas la dévisageaient avec des envies de meurtre. Elle rangea rapidement l'écharpe dans son blouson avant de se recomposer une attitude hautaine pour les maintenir à distance. Elle espérait ne pas avoir à se battre contre une de ces groupies déchaînées.

Tout le reste du spectacle, Sandoval ne joua plus que des rocks endiablés et rugueux. Sydney dansait, chantait, prenait de temps à autre d'autres clichés pour Claire. Après un final éblouissant, véritable déluge de guitares saturées, de lumières et de fumée, Sandoval remercia son public et sortit de scène.

— Ra-ul ! Ra-ul ! Ra-ul ! scandait la foule.

— Eh, vous !

Sydney tourna la tête vers une espèce de gorille qui s'avançait dans sa direction en la pointant du doigt.

Elle sentit son estomac se nouer. Le type l'avait peut-être vue manipuler son bracelet. Il savait que c'était un appareil photo. Que se passerait-il s'il décidait de lui confisquer ? Wilson aurait de gros ennuis. Elle aussi. Et sans doute l'Agence !

— Suivez-moi, dit-il d'un ton bourru.

— Pourquoi ? répliqua-t-elle en essayant de rester naturelle.

Il parut surpris.

— Vous ne voulez pas venir en coulisses ?

Sydney se détendit. Sandoval avait flashé sur elle. Elle se vit un bref instant dans le rôle de la petite nunuche courtisée par la grosse star. Non, elle allait refuser. Puis, elle pensa à Claire. « Je vais lui demander un autographe », pensa-t-elle. Claire pourrait frimer à l'école. Wilson n'en croirait pas ses yeux !

— Je vous suis, répondit-elle.

L'homme l'attrapa par le bras. Drôle de procédé. Sydney avait l'impression d'être une lycéenne que l'on conduit chez le principal. Puis, constatant l'état d'hystérie des fans qui les entouraient, elle jugea la mesure on ne peut plus nécessaire. Ils tournèrent le coin de la scène, dépassèrent le mur d'enceintes, gravirent une volée de marches puis passèrent derrière un rideau noir. Les coulisses étaient encombrées d'équipements et de boîtes en tout genres. L'homme s'arrêta devant une porte en bois, leva le poing et frappa trois fois.

Un autre gorille ouvrit. Il les regarda de bas en haut avant de les laisser entrer dans la loge. C'était une grande pièce peinte en blanc. En face de Sydney, une table de maquillage avec son miroir encadré d'ampoules électriques. Sur la droite, un buffet de sandwiches, d'ananas et d'autres fruits exotiques. Sur la gauche, assis sur des canapés, une poignée de gens en costume sombre bavassant entre eux, un nuage de fumée de cigarettes flottant au-dessus de leurs têtes.

Et au milieu de tout ça, Sandoval en personne occupé à passer une chemise de soie rouge.

Sydney ne put s'empêcher de sourire. Elle était dans la loge de Raul Sandoval ! Si seulement Francie avait pu être là !

— Ah, *la señorita*, s'exclama-t-il en lui tendant la main. Moi, c'est Raul. Comment ça va ?

— Bien, merci.

Mais au lieu de lui serrer la main, il la porta à ses lèvres pour y déposer un baiser. Sydney aperçut son reflet dans le miroir. Elle était écarlate.

— Tu as aimé le spectacle ? demanda-t-il avec un léger accent cubain.

Il lui rendit sa main et entreprit de boutonner sa chemise jusqu'à mi-hauteur.

— Ouais, répondit-elle en essayant désespérément de maîtriser le tremblement de sa voix. Je peux vous demander un autographe ?

— Je t'en prie, dit-il en saisissant le calepin et le stylo posés près du téléphone. À quel nom ?

— Claire, si ça ne vous dérange pas.

— Claire. C'est un joli prénom.

Il sourit tout un griffonnant un rapide « À Claire, tendrement. Raul S. » Puis il détacha la feuille et lui tendit.

— Merci, répliqua-t-elle en la rangeant dans sa poche revolver.

— *Vamos* ! lança-t-il à la cantonade.

On entendait en provenance de la salle la foule hurler son nom.

— *Les oyes. Me estan llamando*, dit-il en hochant la tête en direction de la scène. Tu les entends, ils m'appellent.

— Il est temps que je m'en aille.

Sandoval éclata de rire.

— Non, pas encore, gloussa-t-il en la prenant par les épaules et l'invitant doucement à s'asseoir sur l'un des canapés. Toi, tu restes ici avec mes amis. Je fais mon bis et je reviens.

— D'accord, bredouilla-t-elle en s'installant timidement.

— *Ahora, vamos*, lança-t-il à ses musiciens avant de sortir de la pièce.

Le rugissement de la foule envahit subitement la salle puis redevint un grondement rauque dès que la porte fut refermée.

Sydney regarda l'entourage de Sandoval demeuré dans la loge. Ils étaient six. Trois filles d'allure germanique en tailleur sombre, maquillées comme des ratons laveurs. Deux mecs en costume noir portant des lunettes de soleil et le gros bras qui était resté près de l'entrée – le sosie de M. Propre en plus baraqué. « Sandoval m'invite à rester avec sa cour ? » s'étonna-t-elle.

Une des filles en face d'elle la regardait fixement. Sydney lui adressa un timide salut de la tête, mais la fille détourna les yeux et lui envoya sa fumée à la figure.

« Charmant. » Elle pourrait peut-être en profiter pour faire quelques photos de la loge pendant qu'elle y était. Comme ça, dès que Sandoval serait de retour, elle le remercierait pour tout et s'éclipserait gentiment.

Pendant que les autres étaient occupés à commenter le spectacle d'un ton désabusé en fumant comme des sapeurs, Sydney se cala au fond du sofa en tripotant négligemment son bracelet.

C'est alors qu'elle remarqua la disparition. Il manquait une pierre. Heureusement, il s'agissait de la verte et non de celle qui dissimulait l'objectif ou commandait le déclenchement. C'était quand même ennuyeux.

Wilson lui avait confié ce bracelet et voilà qu'elle lui rendrait en morceaux. Elle avait probablement dû la perdre au moment de la bousculade devant la scène. Il était trop tard pour essayer de la retrouver.

Il ne restait plus à espérer que la déception de Wilson serait largement compensée par l'autographe et la série de clichés. Pour s'en assurer, Sydney mitrailla l'étui de la guitare de Sandoval, chacun de ses convives à mines d'enterrement, sans oublier M. Propre. Claire serait heureuse de connaître toute l'histoire. Sans compter qu'elle n'avait rien d'autre à faire.

Quelques minutes plus tard, M. Propre ouvrait la porte et lançait d'une profonde voix de basse :

— Bon. Maintenant tous à l'hôtel, que la fête commence !

— Et Raul ? s'inquiéta la fille fumigène.

— Il a à faire. Il nous rejoindra plus tard.

— Super, rétorqua-t-elle, irritée.

Ils s'extirpèrent des sofas comme un seul homme et se dirigèrent vers la porte.

Sydney resta assise, hésitant sur l'attitude à adopter quand le colosse vint se planter devant elle, les bras croisés sur la poitrine en signe d'impatience.

— Moi aussi ? demanda Sydney.

Il la regarda comme si elle était la dernière des idiotes.

— Il t'a donné l'écharpe, non ?

— Ouais. Et alors ?

— Alors, ça veut dire qu'il t'a choisie, répliqua-t-il en la regardant comme s'il s'agissait d'une friandise franchement appétissante. Tu restes avec lui ce soir.

— Attendez… je…

Elle se releva et prit une profonde inspiration.

— Je suis désolée, mais je crois que je ne vais pas aller avec vous, les gars.

M. Propre planta ses yeux dans les siens.

— M. Sandoval a demandé que tu l'attendes, aboya-t-il. Ça te pose un problème ?

Sydney considéra la question. Ce type avait l'air coléreux, il avait des épaules de rugbyman et un renflement significatif sous sa veste de cuir à l'emplacement du holster. De toute évidence, Sandoval savait s'entourer. Si elle refusait, ça risquait de dégénérer en bagarre, une bagarre qu'elle avait toutes les chances de perdre. À supposer même que ce ne soit pas le cas, toute cette histoire menaçait de finir au commissariat avec tout ce que cela pouvait impliquer pour le SD-6. D'autant qu'elle avait sur elle un de leurs appareils ultra sophistiqués.

— Non, aucun problème, répondit-elle en le défiant du regard.

Il parut légèrement se détendre.

— Parfait. Maintenant, on va descendre gentiment prendre la limousine qui nous attend. Qu'est-ce que tu en dis ?

La forme interrogative n'était là que pour la forme. Elle n'avait pas le choix.

— Super, marmonna-t-elle en lui emboîtant le pas.

« Allez, Syd. Réfléchis. Vite. Il doit bien y avoir un moyen de se sortir de ce pétrin. »

11

Sydney rejoignit les autres membres de l'entourage de Sandoval perdus dans le labyrinthe des couloirs. La lumière était faible. Sydney ne distinguait que la barrette argentée dans les cheveux de la fille qui la précédait. Derrière elle, le souffle court de M. Propre lui rappelait les menaces qu'il avait proférées.

Il devait bien y avoir un moyen de se sortir de là. Non seulement ces gens l'angoissaient, mais elle se sentait extrêmement nerveuse à cause du bracelet. En restant avec eux, elle prenait le risque qu'il tombe accidentellement entre leurs mains. Que se passerait-il s'ils découvraient sa véritable fonction ? Sans compter les dommages que pourrait subir l'appareil ou même les photos.

Mais comment convaincre Sandoval de la laisser partir ?

— Il fait noir comme dans un four là-dedans, se plaignit l'un de ceux qui marchaient en tête.

Sydney entendit un gros bruit puis une autre voix s'exclamer :

— Roland, cette porte est fermée et il y a de la flotte qui dégouline du plafond ! Tu es sûr que c'est par là ?

M. Propre, alias Roland, grommela une phrase inintelligible avant de se porter à sa hauteur.

— Laisse tomber. J'ai la clé.

Sydney en profita pour rester en arrière. C'était l'opportunité qu'elle attendait. Elle jeta rapidement un regard aux alentours à la recherche d'un endroit où se cacher. À gauche, un autre couloir. Elle s'y précipita tête baissée.

Sydney avançait maintenant dans une sorte de boyau obscur qui paraissait s'enfoncer sous la terre. Du plafond ajouré tombait une vague lumière. Elle progressait avec prudence, se demandant quelle serait la réaction des autres invités quand ils s'apercevraient de sa disparition. Allaient-ils se lancer à sa poursuite ? Elle n'allait pas beaucoup leur manquer. Mais Sandoval ? Les rockstars comme lui sont habituées à ce que tout cède devant eux. Les choses comme les gens.

Vingt minutes plus tard, Sydney était toujours dans la pénombre du tunnel à la recherche d'une sortie, ou au moins de quelqu'un qui pourrait lui indiquer le chemin. C'était bizarre qu'elle n'ait encore croisé personne. Il y avait deux possibilités. Soit elle s'était perdue quelque part sous la salle de concert dans un endroit peu fréquenté. Soit tous les employés étaient déjà partis se coucher. Elle hésita un instant à revenir sur ses pas, mais c'était prendre le risque de retomber sur M. Propre et ses petits camarades. De plus, ayant bifurqué à plusieurs reprises, elle n'était pas certaine de retrouver son chemin dans ce dédale.

Sydney commençait à avoir faim. Elle était fatiguée. Ses chaussures lui faisaient mal. Elle s'appuya contre le mur pour les enlever.

— Voilà, c'est mieux, souffla-t-elle en se massant les orteils et les chevilles.

Comment espérer agir ou prendre une quelconque décision avec les pieds en bouillie ? Mystère.

C'est alors qu'elle entendit comme une rumeur étouffée. Juste devant elle, au bout du couloir. « Enfin ! » Elle ramassa ses chaussures et partit dans la direction du bruit. À quelques mètres, se dessinait quelque chose qui ressemblait à un quai de déchargement. Elle distinguait les voix de plus en plus distinctement. L'une d'elles avait un léger accent cubain. C'était Sandoval.

Sydney s'arrêta, hésitante. Elle ne pouvait pas passer comme ça devant lui sans donner la moindre explication. Il valait mieux attendre qu'il parte.

Elle revint prudemment se dissimuler dans l'ombre du tunnel. Sandoval était au centre du quai. À côté de lui, un homme plutôt costaud en costume sombre. Il était trop vieux et trop bien habillé pour être un fan ou un agent de sécurité. L'individu leva la main droite pour porter un mince cigarillo à ses lèvres. Quelque chose fit tilt dans la mémoire de Sydney. Elle avait déjà vu ce type.

Il se tourna légèrement, exposant son profil en pleine lumière. Sydney frissonna. Elle l'avait reconnu. Il s'agissait de Josef Levski, un des parrains du *Mercado de Sangre* – Le marché noir du sang.

Elle avait lu plusieurs rapports concernant cette organisation composée d'anciens agents secrets des

Pays de l'Est et de Cuba. Après la chute du Rideau de Fer, ils avaient fait main basse sur les arsenaux de différents pays satellites de l'Union soviétique pour les vendre au plus offrant. Ils traitaient avec n'importe qui, vendant des armes et des renseignements à des activistes de tous poils et à des groupes terroristes. Ils s'étaient ensuite lancés dans la chasse d'officiers de renseignement pour le compte d'agences ennemies qu'ils livraient contre de fortes récompenses. Ces types étaient de vrais méchants. Ils ne reconnaissaient ni patrie ni chef et il n'y avait aucun moyen de négocier avec eux.

« Que fait Sandoval avec des gens comme ça ? » Instinctivement, elle leva le poignet pour prendre une photo des deux hommes. Wilson pourrait peut-être l'aider à éclaircir ce mystère. À supposer qu'elle sorte un jour de ce bourbier.

Elle resta un instant interdite, le sang figé dans ses veines. Ce n'était pas une coïncidence si le SD-6 l'avait envoyée ici. La place pour le concert, l'appareil photo... tout était organisé d'avance.

— Qu'est-ce que tu fous là ?

Une main venait de l'attraper par le bras et l'attirait violemment vers l'arrière. Sydney chancela mais réussit à garder l'équilibre. Tournant la tête, elle vit le visage grimaçant de Roland se détacher dans la pénombre.

Sans réfléchir plus avant, Sydney lui balança un coup de coude dans le plexus. Il ouvrit des yeux comme des soucoupes – elle aussi. « Je viens de frapper un type de la taille de Schwarzenegger ! », pensa-t-elle affolée alors que la main du gars desserrait son emprise. Avant qu'il ait pu réagir, elle pivota sur elle-même, lui envoya un grand coup de pied dans les côtes et détala à toutes jambes.

Elle n'avait pas peur. En fait, elle n'éprouvait aucun sentiment. Elle était en plein cœur de l'action. « Si je me sors de là, pensa-t-elle alors que l'adrénaline pulsait dans ses veines, il faudra que je félicite Yoav pour la qualité de son entraînement. »

Derrière elle, Roland exultait de rage. Elle tourna à droite. La voie était sans issue. Les pas du gorille se rapprochaient de plus en plus.

Sydney parvint à se faufiler entre deux rangées de haut-parleurs, essayant désespérément de reprendre son souffle.

— Tu ferais mieux de te montrer, hurla-t-il en la traitant de tous les noms. Tu ne peux pas m'échapper !

Puis subitement, plus rien. Sydney essayait de ne pas faire le moindre geste, l'oreille aux aguets. Elle entendait tout près les semelles de Roland crisser sur le béton. Son cœur battait à tout rompre, mais elle devait rester de marbre, l'esprit à l'écoute du moindre bruit. Les pas n'étaient plus qu'à quelques centimètres, elle pouvait l'entendre respirer...

Wham ! Avec l'énergie du désespoir, Sydney avait jeté tout son poids contre le mur d'enceintes, le faisant basculer dans un fracas d'enfer. Elle entendit un cri de surprise. Puis tout redevint calme.

Sydney s'extirpa de sa cachette. Le corps de Roland gisait inanimé sur le sol. Elle demeura quelques instants incapable de bouger. « Je l'ai eu », pensa-t-elle en esquissant un sourire. Enfin, elle parut revenir à la vie et, rassemblant toutes ses forces, se lança dans une course folle en direction du quai. À peine quelques secondes plus tard, une ombre surgissait devant elle. Elle leva le bras pour parer le coup, mais trop tard. Elle sentit un violent choc sur le côté du crâne. Avant de perdre connaissance, elle eut l'image fugitive du regard furieux de Sandoval s'attardant sur elle.

*
* *

— S'il te plaît, Francie, ferme les volets. J'ai mal à la tête, marmonna Sydney. Elle devait avoir mangé quelque chose qui n'était pas passé. Elle avait mal au ventre, la lumière la blessait et elle se sentait une raideur dans la nuque. Sans compter qu'un crétin s'amusait avec un marteau-piqueur dans le lointain.

En ouvrant les yeux, elle réalisa qu'elle n'était pas du tout dans sa chambre et que le marteau-piqueur cognait dans sa tête. À la place de Francie, blottie dans le lit d'à côté, elle découvrit l'idole de la pop américaine, la star Raul Sandoval vautré sur un canapé.

Ils étaient à nouveau dans la loge. Mais cette fois-ci, seuls. Sydney était assise à califourchon sur une chaise, les mains attachées dans le dos. En se penchant légèrement, elle vit ses poignets liés avec des cordes de guitare qui lui cisaillaient les chairs.

— Comme on se retrouve, Claire, murmura Sandoval.

Il joignit les mains comme pour prier et les porta devant sa bouche. Puis il secoua la tête, l'air résigné.

— Tu n'es pas à la fête, *niña* ? Comment ça se fait ?

— Je me suis perdue, mentit-elle en prenant l'air le plus innocent possible.

Elle savait maintenant que ce type était dangereux. Il ne fréquentait pas simplement des truands, c'était l'un d'eux. Son seul espoir de rester en vie était de continuer à jouer la petite fille effarouchée.

— Je suis désolée d'être allée là où je ne devais pas, gémit-elle en refoulant ses larmes. S'il vous plaît, laissez-moi partir.

— Tu t'en es prise à mon garde du corps, répliqua Sandoval en la fixant dans les yeux.

— J'ai cru qu'il voulait s'en prendre à moi. Je n'ai fait que me défendre.

— Tu te défends plutôt bien, on dirait, ajouta-t-il en se levant pour se planter devant elle. Vraiment très bien.

Sydney détourna le regard. Elle n'arrivait pas à croire qu'elle avait pu trouver ce type séduisant. Il était maintenant terrifiant, les veines du cou gonflées, la bouche tordue dans un rictus sadique, le regard froid et dur.

Elle devait continuer à jouer l'ingénue. Si jamais il la soupçonnait de travailler pour le SD-6, il la tuerait, pour sûr.

— J'ai pris des cours d'autodéfense, plaida-t-elle.

— Tu apprends vite, on dirait.

— Quelques mois seulement, expliqua-t-elle. Par pitié, vous devez me croire. Je ne croyais pas faire quelque chose de mal.

Elle l'implorait des yeux, s'efforçant de garder le

profil bas pour le convaincre. « Satané Wilson avec ses simagrées, les photos, l'anniversaire de Claire. Et maudit SD-6. » Comment avaient-ils pu la mettre sur la piste d'une rockstar anarchiste et sans scrupules sans même la mettre au courant ? Tout ça pour des clichés débiles ?

Le bracelet ? Cette pensée venait subitement de lui traverser l'esprit. Que se passerait-il si Sandoval découvrait la vérité ? Il en conclurait sur-le-champ qu'elle était une espionne. Le plus lentement possible et sans bouger le torse, elle fit remonter son index droit le long de son poignet gauche jusqu'à entrer en contact avec le morceau de métal. Grâce au ciel, il était encore là et il paraissait intact.

Elle sentit alors la corde de guitare glisser légèrement. Tout n'était pas perdu. Elle n'avait plus mal à la tête. L'espoir lui redonnait de nouvelles forces. Elle commença lentement à essayer de se dégager, millimètre par millimètre. La corde semblait se desserrer.

Sandoval la fixait toujours d'un air méprisant.

— Tu vois, Claire. Tu me poses un gros problème, reprit-il gravement en prenant une chaise pour s'installer en face d'elle. Tu dis peut-être la vérité mais comment savoir ? J'ai peut-être… une idée.

Il se pencha pour tirer de sa botte un poignard à manche d'ivoire sculpté doté d'une longue lame étincelant dans la lumière.

— Il est beau, n'est-ce pas ? reprit-il en l'approchant du visage de Sydney. Je l'ai ramené du Soudan où j'étais pour affaires. *Especial, no ?*

Elle frémit en sentant la pointe redessiner son nez,

ses joues, son menton. « Ce type est fou ! Il faut que je fasse quelque chose. Quoi qu'il arrive... »

— Si tu cries, pas de problème, poursuivit-il. Personne ne viendra à ton secours. Tous ceux qui travaillent ici sont mes amis. On bosse ensemble. Quant à l'homme avec qui j'étais ? Il est parti. L'affaire est conclue. Tu vois, j'ai tout mon temps pour m'occuper de toi, lui murmura-t-il en souriant avec cruauté. Tu vas me dire qui t'emploie, et je saurai me montrer gentil. Si tu continues à te taire, ajouta-t-il en faisant glisser sa lame sur la gorge de Sydney, je serai obligé de me montrer plus méchant.

Ne pas céder à la panique. Sydney sentait la peur l'envahir progressivement. Elle fit un effort considérable pour la refouler. Y succomber ne pouvait que déclencher le pire. Fuyant le regard de Sandoval, elle fixait son attention sur le plafond, s'absorbant dans la contemplation des néons ou des conduits d'aération tout en continuant à se frotter les poignets l'un contre l'autre pour se libérer.

— Tu ne veux pas répondre ?

Sandoval éclata de rire. Si près qu'elle sentit son souffle chaud passer sur son visage et sur son cou.

— Comme tu veux, continua-t-il en se rasseyant. Finie, la douceur...

La corde céda, enfin. Sydney sentit tous les muscles de son corps se tendre au maximum. C'était le moment d'agir... *maintenant*.

Elle bondit de sa chaise en la faisant tomber. Il recula, lâchant son couteau.

— Tu veux jouer au méchant, siffla-t-elle.

Elle lui fouetta le visage avec les cordes de guitare aussi fort qu'elle put. Sandoval hurla de douleur en se prenant la tête entre les mains.

Sydney ramassa le poignard, se précipita vers la porte et surgit dans le couloir en essayant de se souvenir du chemin qu'elle avait emprunté avec Roland pour venir. Elle entendait dans son dos les cris de Sandoval qui s'était lancé à sa poursuite.

Elle atteignit enfin la lourde porte en fer. Sydney se jeta contre elle de toutes ses forces. Inutile. Elle était bouclée.

Les pas de Sandoval résonnaient de plus en plus près. Sydney avisa une autre porte sur sa gauche. Derrière, un autre couloir plongé dans la pénombre. Elle courait à perdre haleine en renversant tout ce qu'elle pouvait sur son passage pour ralentir la progression de Sandoval.

Elle s'enfonçait profondément dans les entrailles de la salle de concert. Sandoval avait raison. Il n'y a personne ici. Il ne lui restait plus qu'à tenir le plus longtemps possible. Jusqu'à ce qu'elle trouve une issue ou qu'elle reçoive du renfort.

« Mais qui pourrait venir à mon secours ? » se demanda-t-elle, les larmes aux yeux.

Il n'y avait que le SD-6 à savoir où elle se trouvait, et jusqu'à preuve du contraire, ils ne s'étaient pas beaucoup manifestés. Quant à Francie, ne la voyant pas rentrer, elle en conclurait simplement que les choses s'étaient terriblement bien passées pour elle à la soirée. Elle ne s'inquièterait pas avant plusieurs heures.

« Courage, Syd. On ne se disperse pas. »

Croisant une intersection, elle prit sur sa gauche. C'était mieux éclairé, mais le passage semblait plus étroit. Tout en courant, le plafond lui paraissait de plus en plus bas. « Je dois être sous la scène », pensa-t-elle en se penchant légèrement. L'endroit était encombré de toutes sortes de matériaux, des tringles en acier, des vieilles caisses défoncées, des rampes de spots hors d'usage, des kilomètres de câbles. Sydney essayait de faire le moins de bruit possible en prenant garde où elle mettait les pieds. Elle espérait simplement que Sandoval avait continué tout droit.

« *Mierda* ! », le juron venait de retentir dans le boyau. Sandoval était toujours sur ses traces. Mais au moins, il avançait difficilement. Probablement handicapé par sa haute taille. Sydney se félicita d'avoir enlevé ses chaussures.

— Je sais que tu es là, lança-t-il. Je viens te chercher, *chica*.

Sydney dut faire un effort considérable pour ne pas lui répondre, le maudissant intérieurement dans les cinq langues qu'elle connaissait. Une petite voix dans sa tête, qui n'était pas sans lui rappeler celle de Yoav, lui soufflait de rester calme, de dominer ses émotions et de se concentrer.

Le plafond n'était plus maintenant qu'à moins d'un mètre trente du sol. Sydney, pratiquement cassée en deux, contourna un gros concasseur derrière lequel elle découvrit ce qui semblait être la porte en fer d'un petit monte-charge. Une trappe de scène ! En remontant par là, elle était à peu près certaine de pouvoir trouver un moyen de sortir du bâtiment. Elle chercha des yeux le boîtier de commande. Un câble noir courait sur le sol jusqu'à un petit réduit d'environ un mètre carré plongé dans l'obscurité juste en face d'elle.

Elle se mit à quatre pattes et s'y engagea résolument, tâtonnant dans le noir à la recherche de la précieuse petite boîte.

Magnifique. Il ne lui restait plus qu'à presser le bouton et se précipiter vers le monte-charge avant qu'il ne commence son ascension. Le poignard de Sandoval entre les dents, elle entreprit de rebrousser chemin. Elle n'était plus qu'à quelques centimètres quand la longue silhouette de la rockstar surgit devant elle.

— Je t'avais bien dit que tu ne pourrais pas m'échapper, lança-t-il.

Sydney lâcha le boîtier et brandit le poignard devant elle.

Sandoval se pencha et tira un petit automatique de son autre botte.

— Tu crois pouvoir m'arrêter avec ça ? gloussa-t-il en s'adossant négligemment à l'une des poutrelles en acier, l'arme braquée dans sa direction. J'aimerais bien voir ça.

Sydney frissonna en fixant le canon chromé du revolver. Un 9 millimètres Ruger, estima-t-elle. Au cours de ces derniers mois, elle avait appris à tout connaître sur les armes. Les modèles et leurs factures. Comment les tenir, tirer, les nettoyer. Elle avait même appris à les dissimuler sur elle. Une chose pourtant avait échappé à l'enseignement qu'elle avait reçu de Pilar : ce que ça fait d'avoir une arme pointée sur soi.

Elle avait vaguement conscience que Sandoval continuait à lui parler mais son attention restait fixée sur le revolver. Elle était passée de la peur à une sorte de stupeur animale. Sa vie allait donc finir là ? Pourtant elle avait beaucoup appris au cours de ces derniers mois. Elle savait qu'elle était capable de se sortir de cette situation. Elle restait cependant immobile, comme paralysée, une grosse boule pesant sur son estomac. Une seule pensée résonnait en écho dans son cerveau saisi par la panique :

« J'ai dix-neuf ans et je vais mourir… »

— Le choix est simple maintenant. Ou tu me dis qui t'envoie ou bien tu meurs, menaça-t-il.

Subitement, le voile se leva. Sydney cessa de fixer le revolver pour regarder Sandoval dans les yeux. En un éclair, abaissant le poignard qu'elle tenait toujours à la main, elle trancha le câble d'alimentation du concasseur tout proche et le jeta contre la poutrelle métallique sur laquelle Sandoval était adossé.

Il y eut une prodigieuse gerbe d'étincelles, suivie d'une épaisse fumée. La pièce résonnait de crépitements comme si on froissait d'immenses feuilles de papier. Sydney se roula en boule, se protégeant la tête dans les bras. Enfin tout retomba dans le silence. Le corps de Sandoval gisait sur le béton, de son dos montaient de fines volutes de fumée. Il régnait une forte odeur de chair brûlée.

Sydney roula sur le dos, le corps secoué de violents spasmes. L'évidence de ce qui venait de se passer l'avait atteinte de plein fouet avec la violence d'un trente-cinq tonnes.

Elle avait tué un homme.

Elle n'avait pas eu le choix.

Elle resta un long moment assise à contempler le corps de Sandoval, oscillant entre horreur et soulagement. De temps à autre, le câble dénudé jetait encore quelques dernières étincelles.

Sydney s'essuya les yeux et se releva enfin. Elle gagna une autre trappe et activa la commande. Le monte-charge se mit en branle, la ramenant sur la scène plongée dans les ténèbres.

Elle était libre.

12

Dix minutes plus tard, Sydney courait comme une dératée sur le trottoir qui longeait la salle de concert. Elle avait besoin de parler à quelqu'un. Mais à qui ? Trop bouleversée pour appeler Francie, elle ne voulait pas non plus contacter Wilson. De toute évidence, elle ne devait pas beaucoup compter au sein du SD-6 pour qu'ils n'aient même pas pris la peine de l'avertir avant de la jeter dans les griffes de Sandoval.

Appeler la police. Elle risquait de se griller définitivement auprès de l'Agence en les mettant en difficulté. Sans compter qu'ils ne la croiraient jamais. Ils l'accuseraient de meurtre.

« Parce que j'ai tué quelqu'un », hurla-t-elle intérieurement, l'estomac noué. « J'ai vraiment tué quelqu'un ! »

Qu'en savait-elle ? Et si Sandoval n'était que gravement blessé ? Elle n'avait pas vérifié son pouls. Et s'il était toujours vivant ? Salaud ou pas, il fallait lui porter secours.

Elle tourna au coin de la rue et dévala les larges marches en béton du parking. Au loin, se dessinait une rangée de cabines téléphoniques baignant dans un halo de lumière. Une fois sur place, elle trouverait bien qui joindre.

Une camionnette, sortie d'une ruelle voisine, surgit subitement devant elle dans un formidable crissement de pneus.

L'heure n'était plus à la réflexion. Sydney accéléra et obliqua en direction d'un bosquet tout proche. La camionnette freina brutalement dans son dos. Elle entendit des pas se précipiter. Quelques secondes plus tard, elle se retrouvait plaquée contre l'herbe. Elle essaya de se débattre, mais ses bras et ses jambes étaient fermement immobilisés. Inutile de résister. Deux hommes, le visage dissimulé derrière des passe-montagnes noirs, la portèrent jusqu'à la camionnette avant de la jeter sans ménagement à l'arrière.

L'un des deux referma la double porte et s'installa à la place passager.

— On l'a. Fonce ! grogna-t-il au chauffeur resté invisible.

Son second agresseur s'accroupit sur elle, lui maintenant les poignets au sol et bloquant ses cuisses entre ses genoux.

Furieuse, Sydney tenta de lui balancer un coup de tête.

— Oh là ! Du calme, dit l'homme. C'est nous.

La maintenant d'une main, il saisit son passe-montagne et l'enleva d'un coup sec.

C'était le bel anonyme qu'elle avait croisé au SD-6.

*
* *

— Qu'est-ce qui t'est arrivé ? demanda-t-il en découvrant son visage couvert d'ecchymoses, ses mains écorchées et ses pieds nus maculés de traînées noires.

Sydney resta un moment interdite puis sa colère explosa subitement.

— Ça veut dire quoi : « Qu'est-ce qui t'est arrivé ? » hurla-t-elle en se redressant sur les fesses. J'ai été ligotée, menacée avec une arme ! Ce type était fou ! Un malade chez qui vous m'avez envoyée sans me prévenir !

Le jeune homme resta un long moment silencieux, les sourcils froncés en signe de… quoi ? Intérêt ? Ennui ? Pour une raison ou pour une autre, Sydney ne parvenait pas à le définir exactement.

Il tendit la main et lui retira le bracelet.

— Ha…, dit-il. Ça explique tout.

— Quoi ? fit-elle avec brusquerie. Ces satanées photos, c'est tout ce qui compte ?

Elle n'essayait même pas de dissimuler son amertume. C'était plus fort qu'elle. Ça faisait mal de penser que l'Agence se souciait davantage des clichés d'une rockstar véreuse que de sa propre vie. Elle avait cru à leur estime. Elle avait surtout cru qu'ils tenaient à elle.

Le jeune homme laissa échapper un profond soupir. Pendant un moment, il resta à genoux à la regarder en hochant la tête comme s'il hésitait. Puis il sembla se décider :

— D'accord, alors écoute-moi. On t'attend au SD-6 pour un débriefing, mais je crois qu'il serait juste que tu saches ce qui s'est passé ce soir.

— C'est aussi mon avis, fit-elle en relevant le menton avec un air de défi.

L'homme s'installa à côté d'elle et se passa la main dans les cheveux.

— La vérité, reprit-il, c'est que le concert de ce soir n'était pas le cadeau escompté.

— Je m'en suis aperçue, grogna-t-elle avec irritation.

Elle devait ressembler à une gamine boudeuse, mais ça lui était égal. Elle avait mal aux mains, à la tête, son corps entier semblait être passé dans une moissonneuse-batteuse. Tout ce qu'elle voulait, c'était une explication.

Un sourire passa sur le visage du jeune homme et disparut aussitôt.

— En fait, murmura-t-il en se penchant vers elle, il s'agissait d'un test.

— Un test ?

Il acquiesça.

— On voulait voir si tu étais capable de mener une mission à bien. Et je dois dire que tu t'en es tirée haut la main.

Sydney appuya sa main sur son front.

— Mais je ne comprends pas. Est-ce que tu es en train de m'expliquer que tout ça, ce n'était pas vrai ?

— Oh si, c'était vrai. Tout à fait. Cela fait un certain temps que nous soupçonnons Sandoval de vendre des informations en se servant de son statut pour avoir ses entrées dans toutes sortes de pays. Malheureusement, il était aussi très bien protégé en permanence et aucun d'entre nous n'est parvenu à l'approcher. Mais nous savions qu'il avait une faiblesse : les femmes.

— Alors… vous m'avez utilisée comme appât ? demanda Sydney, l'œil mauvais.

— Pas exactement, répondit-il en étendant les jambes. Le SD-6 comptait sur toi pour arriver jusqu'à lui et espérait que tu ferais bonne pêche. Ils craignaient de te parler de ta mission pour ne pas te mettre en danger. Tu n'es pas encore un agent confirmé. Ton comportement aurait pu te trahir inconsciemment. Ça pouvait s'avérer mortel.

— Sans blague ! Merci les gars, c'est comme ça que j'ai failli finir ! Morte !

Elle ferma les yeux et poussa un profond soupir.

— Sandoval est mort ?

Il grimaça.

— On le saura bien assez tôt. En tout cas, ce ne sera pas une grande perte pour l'humanité. Crois-moi.

— Alors, pourquoi ne pas avoir envoyé des gens pour me protéger ? bredouilla-t-elle.

Il leva les sourcils au ciel.

— Ils l'ont fait. Des agents disséminés dans la salle t'ont vue passer dans les coulisses. Nous, nous étions à l'extérieur dans la camionnette pour te pister électroniquement. On savait où tu étais, prêts à te récupérer à n'importe quel moment si ça tournait mal, et puis tout à coup, on a perdu le signal.

— Le signal ?

Il prit le bracelet et lui montra l'emplacement qui avait contenu la pierre verte.

— C'était un émetteur. Il s'est détaché du bracelet avant de tomber dans la poche d'un autre spectateur. On s'est retrouvés à suivre un couple de la Vallée pendant quarante minutes avant de nous apercevoir de notre erreur.

Sydney resta bouche bée. Elle cligna des yeux. Un flot de pensées et d'émotions se bousculaient dans son esprit. Ils *avaient* donc pris soin d'elle. Elle *comptait* pour eux…

— Au fait, je m'appelle Noah. Noah Hicks.

— Sydney Bristow, répondit-elle distraitement.

Elle grimaça de douleur quand il lui serra la main.

— Oh pardon, s'exclama-t-il en relâchant la pression.

Il retourna la main droite de Sydney et l'ouvrit avec précaution.

— Ce n'est pas beau à voir. Qu'est-ce qui s'est passé ?

— C'est une longue histoire.

Elle regarda son visage pendant qu'il se penchait sur ses blessures. Elle le voyait de près pour la première fois. Une boucle de cheveux indisciplinée retombait au milieu de son front. Il se pinça les lèvres. Ses pommettes hautes et bien dessinées frémirent imperceptiblement. Il avait aussi une bosse sur le nez et elle se demanda combien de fois et dans quelles circonstances il se l'était cassé. Soudain, ses mains lui parurent moins douloureuses.

— Ne t'en fais pas. On va te soigner, lui dit-il en croisant son regard.

Il se redressa et s'adressa au chauffeur :

— On arrive au QG ?

— Nous venons d'entrer dans le parking, répondit-il.

— C'est bon, reprit Noah en se tournant vers elle. Tu verras, on a des supers toubibs au SD-6.

Il approcha ensuite sa main du visage de Sydney et en écarta délicatement une mèche de cheveux.

Elle retint sa respiration. Un frisson lui parcourut l'échine.

— On dirait que tu as aussi reçu un méchant coup à la tête, ajouta-t-il en examinant sa tempe. Il faudra leur demander d'y jeter un œil.

Sydney s'affaissa légèrement. Elle se sentait toute bête. « Arrête de rêver », se réprimanda-t-elle. « Ce type ne fait que son boulot. Ça n'a aucune signification particulière. »

Ou bien… Après tout, le manuel de sémiologie ne consacrait-il pas quelques lignes au jeu des mains sur un visage ?

13

— Donc, je résume. Le cigare de Sigmund Freud a mis le feu à l'étole de Marilyn Monroe et tu t'es précipitée pour l'attraper à main nue et la jeter dans la piscine, c'est ça ?

Francie ouvrait de grands yeux incrédules.

— Et tu dis que tu n'étais pas soûle ?

— Je sais, je sais. C'était idiot, répliqua Sydney.

C'était vrai que son histoire était complètement idiote. Mais c'était la seule qu'elle avait trouvée en rentrant chez elle, couverte de pansements, presque vingt heures après son départ pour le concert, pour découvrir Francie proche de la crise de nerfs.

— Ma vieille, voilà ce qu'on appelle une soirée bien remplie, poursuivit Francie en secouant la tête. Quelle nuit ! Terwilliger n'aurait pas fait mieux. Tu as l'air sérieusement brûlée. Mon Dieu, c'est l'apocalypse ou quoi, ici ?

Sydney continuait de siroter son soda, n'osant rien ajouter.

— Tu ne m'as rien dit sur le garçon que tu étais

censée retrouver ? continua Francie en revenant à un sujet plus terre à terre. Ça s'est bien passé ?

— Pas vraiment... je me suis pris un bide. C'était un gros dégueulasse.

Francie lui décocha un clin d'œil complice.

— Dommage.

Elles passèrent le reste de l'après-midi à flâner dans Westwood Village, à profiter d'un soleil printanier. Sydney se sentait bien, malgré ses blessures qui l'élançaient sporadiquement. Le débriefing au SD-6 l'avait aidée à surmonter le traumatisme subi auprès de Sandoval. Plus elle y pensait et plus elle se sentait fière de ce qu'elle avait accompli et surtout de s'être sortie d'affaire toute seule.

Le SD-6 n'avait pas donné beaucoup d'explications, mais ça n'avait rien de surprenant. Sydney n'y prêtait plus attention. C'était fini, elle était en vie et elle avait servi son pays. L'Agence semblait ravie du boulot qu'elle avait fait. Particulièrement en révélant les liens qui existaient entre Levski et Sandoval. Wilson avait été très impressionné par ses résultats et heureux de la retrouver saine et sauve. Même s'il n'en avait rien dit. Il s'était excusé d'avoir eu à lui cacher la vérité sur sa mission. Excuses qu'elle avait acceptées. Il n'avait fait que son devoir. Elle le comprenait maintenant. « J'ai vraiment une fille qui s'appelle Claire », avait-il précisé en lui tirant la photo d'une gamine souriante de son portefeuille.

— Je n'en avais jamais douté, lui avait-elle répondu en relevant les yeux.

Sydney et Francie s'étaient arrêtées devant la vitrine

d'une boulangerie. Tout en regardant les gâteaux, Sydney fut attirée par son reflet. Ses longs cheveux châtains, même si elle ne portait pas de barrette, semblaient les mêmes que d'habitude. Elle était habillée comme d'habitude. Pourtant quelque chose avait changé. Elle paraissait plus grande, ses gestes moins empruntés. Elle se surprit à esquisser un petit sourire. Elle était heureuse.

Était-ce possible ? Heureuse…

— Difficile de résister, gémit Francie en secouant la tête. Je crois que je vais me laisser tenter par un petit macaron au chocolat. Tu veux quelque chose ?

— Non, merci. Je t'attends dehors.

Francie poussa la porte. Sydney fit quelques pas puis s'arrêta devant un panneau couvert de petites annonces, petits boulots, recherche de co-locataires, publicités diverses, jouxtant le magasin. Les Numbers donnaient un concert dans une boîte branchée de Pier ce soir. Les Bordersankes, qui faisaient un tabac en ce moment, se produisaient au Lion's Den. Elle pourrait peut-être y aller avec Francie. Elle avait l'impression qu'elles ne s'étaient pas retrouvées depuis des siècles. Elles pouvaient même inviter Todd pour s'éclater.

Elle sentit subitement que quelqu'un l'observait. Elle aperçut du coin de l'œil la silhouette d'un grand blond s'approcher puis venir s'arrêter à côté d'elle. Il faisait semblant de s'absorber dans la lecture des annonces, mais on ne la fait pas à un agent secret. Ce type avait autre chose en tête.

C'était Dean Carothers, plus beau que jamais avec ses yeux verts et son corps de rêve.

Il tourna la tête pour lui sourire. Sydney s'était attendue à se sentir terriblement gênée, à rougir ou à entendre son cœur s'emballer… mais rien ne se produisit. Pas le moindre signe. Comme si l'humiliation subie en septembre dernier n'avait jamais existé.

— J'ai entendu dire que les Bordersankes sortaient un nouveau CD, dit-il en désignant du menton le prospectus.

— Il paraît, répondit-elle.

Pourquoi lui parlait-il ? Sans doute pour qu'elle l'aide à préparer ses examens.

— Tu aimes bien ce qu'ils font ? poursuivit-il en se rapprochant davantage.

— Je ne les ai jamais vus en concert. Mais j'ai bien aimé ce qui passait à la radio.

Il lui sourit à nouveau, s'appuyant nonchalamment contre le mur.

— Tu devrais les voir sur scène. Ces types sont terribles.

— Si tu le dis.

Elle s'attendait à le voir sortir d'un moment à l'autre son carnet pour lui demander des tuyaux sur un devoir quelconque, mais au lieu de ça, il lui tendit la main.

— Dean Carothers.

Sydney en resta bouche bée. Il avait le culot de se présenter ! « Mon Dieu, pensa-t-elle. Il ne se souvient même pas de moi. »

— Je… je ne peux pas te serrer la main, répliqua-t-elle en montrant ses bandages.

— Désolé, bredouilla-t-il en retirant sa main qu'il s'empressa de plonger dans sa poche de pantalon. Qu'est-ce qui t'est arrivé ?

— C'est une longue histoire, répondit-elle en hochant la tête.

— Tu pourrais me la raconter samedi soir au Lion's Den, embraya-t-il en plongeant ses yeux magnifiques dans les siens. Tu n'as jamais vu les Snakes. Je pourrais passer te prendre.

— Désolée, je préfère y aller avec quelqu'un d'autre, répliqua Sydney après un moment.

— Oh, bredouilla-t-il, la mine décomposée.

— Ouais. Je ne sais pas encore qui, mais sûrement pas avec toi.

Puis, après lui avoir décoché un sourire angélique, elle retourna vers la boulangerie, abandonnant le beau Dean à sa déconfiture. Sur un banc, un homme lisait le *Los Angeles Register*. Un large titre barrait la une :

DISPARITION D'UNE STAR DU ROCK. LA POLICE N'ÉCARTE PAS L'HYPOTHÈSE D'UN MEURTRE.

Sydney releva la tête et s'absorba dans la contemplation du trafic. Francie avait raison. Tout était différent. Et le monde n'allait pas à sa fin.

C'était juste un début.

« J'ai parcouru un long chemin depuis l'époque où j'étais une jeune femme timide et vulnérable. C'était l'automne dernier. Aujourd'hui, je suis forte. Je me sens au top. Et j'ai un **projet.**

Je veux aller de l'avant. Relever d'autres défis. Je veux **sauver le monde**. En tant qu'agent du SD-6… je m'en suis donné les moyens.

En un semestre. »

Achevé d'imprimer sur les presses de

BUSSIÈRE

GROUPE CPI

à Saint-Amand-Montrond (Cher)
en septembre 2003

FLEUVE NOIR
12, avenue d'Italie
75627 Paris Cedex 13
Tél. : 01-44-16-05-00

— N° d'imp. : 35380. —
Dépôt légal : octobre 2003.

Imprimé en France